D1869908

Lilli Thal

hatte zu ihrem Leidwesen in ihrem reizenden kleinen Heimatstädtchen bisher niemals persönlichen Kontakt zur örtlichen Polizei – dennoch ist ihre Verehrung für Polizeikommissare und deren Assistenten ungebrochen. 2001 erhielt Sie den «Martin» für den besten Kinderkrimi.

Franziska Biermann

studierte an der Hamburger Fachhochschule für Gestaltung. Seit 1996 arbeitet sie als Grafikerin und Illustratorin für diverse Verlage und Zeitschriften. Mit der Polizei hatten bislang nur ihre Buchhelden zu tun.
Veröffentlichungen: *Das Glücksbuch*, Rotfuchs 20949; *Herr Fuchs mag Bücher!*, Rotfuchs 21149; *Zwei Freundinnen packen aus*, zusammen mit Antje von Stemm, Beltz & Gelberg

bereits erschienen:

Kommissar Pillermeier, Rotfuchs 21158
Kommissar Pillermeier und die falschen Weihnachtsmänner, Rotfuchs 21172

Lilli Thal

Kommissar Pillermeier

im Filmfieber

Mit Bildern von
Franziska Biermann

für Hannah
zur Erstkommunion

Rowohlt Taschenbuch Verlag

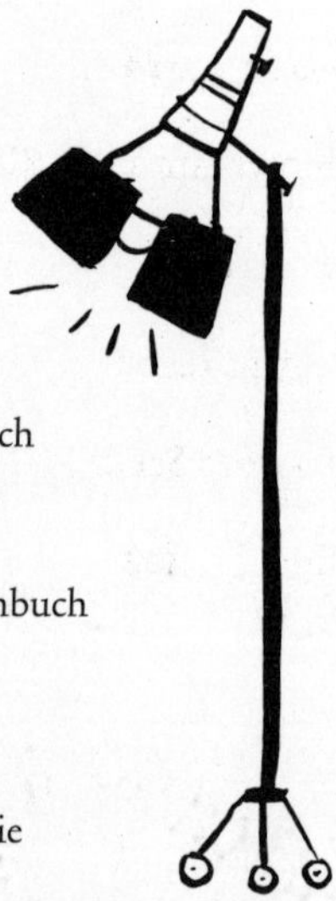

Lektorat Susanne Koppe

Originalausgabe
Veröffentlicht im Rowohlt Taschenbuch
Verlag GmbH, Reinbek bei Hamburg,
April 2003
Copyright © 2003 by Rowohlt Taschenbuch
Verlag GmbH, Reinbek bei Hamburg
Alle Rechte vorbehalten
Umschlaggestaltung Barbara Hanke
Umschlagillustration und -typographie
Franziska Biermann
Layout Christina Modi
Herstellung Christine Lohmann
Satz Trinité No. 2 PostScript, QuarkXPress 4.1
Gesamtherstellung Clausen & Bosse, Leck
Printed in Germany
ISBN 3 499 21229 3

Die Schreibweise entspricht den Regeln
der neuen Rechtschreibung.

Inhalt

Nichts passiert — 7

Traum und Wirklichkeit — 26

Überraschungspaket — 46

Hollywood kommt — 62

Talentprobe — 73

Im Wilden Westen — 90

Film ab! — 102

Es knallt im Tresor — 116

Hund aus dem Sack — 132

Happy End — 145

Sahne

Nichts passiert

«Das war's», sagte Assistent Flotthammer. Mit einem «Klick» schaltete er den Filmprojektor aus und zog die Vorhänge zurück. Die helle Maisonne flutete in die kleine Polizeiwache.

Den Kopf auf die Hände gestützt, vor sich eine große Tüte Sahnebonbons, saß Kommissar Pillermeier an seinem Schreibtisch. «Rudolf», fragte er, «wie oft haben wir ‹Kommissar Krügers Tipps zu Biss- und Kratzspuren› in den letzten Wochen angeschaut?»

«Schätzungsweise zehnmal, Herr Kommissar», antwortete Rudolf Flotthammer, während er die Filmspule zurückkurbelte.

«Und wie oft», fuhr der Kommissar fort, «haben wir ‹Tipps zu Schuh- und Reifenspuren›, ‹Tipps zu Mikro- und Faserspuren› und ‹Tipps zu Haar- und Ohrenspuren› gesehen?»

«Mindestens genauso oft», antwortete Rudolf etwas ratlos.

Kommissar Pillermeier war in schwere Gedanken versunken. «Preisfrage, Rudolf: Was ist für einen Kriminalspezialisten der Extraklasse das Schlimmste auf der Welt?»

Polizeiassistent Flotthammer räumte Filmspulen und Projektor in den Schrank zurück. «Wenn das *Polizeichefmagazin* am Kiosk ausverkauft ist», sagte er überzeugt.

«Falsch, Rudolf», entgegnete der Kommissar düster, während er drei Sahnebonbons auswickelte und alle auf einmal in den Mund steckte. «Das Schlimmste auf der Welt ist das

Nichts.» Gedankenverloren begann er, aus den Bonbonpapieren kleine Flugzeuge zu falten. «Diese Polizeiwache zum Beispiel. Das reinste Nirwana. Ein schwarzes Loch. Eine Zeitschleife. Tag für Tag geschieht dasselbe: nichts!»

«Jetzt übertreiben Sie aber, Herr Kommissar», widersprach Assistent Flotthammer. «Erst gestern hat das Telefon geklingelt.»

«Und wer war dran?» Mit geübtem Schwung ließ Kommissar Pillermeier die Papierflieger durch das offene Fenster hinaussegeln. «Herr Sternblau!»

Alois Sternblau, Betreiber der örtlichen Schnapsbude, war ein sehr gewissenhafter Geschäftsmann, der sein Warensortiment täglich persönlich durchtestete. In schöner Regelmäßigkeit wurde er von Außerirdischen und Riesentieren heimgesucht.

«Gestern meldete er sich als Großer Häuptling Bluestar», berichtete Rudolf. «Ein gigantischer Präriehund wollte ihn nicht zur Haustür hinauslassen.»

Der Kommissar trat ans Fenster. «Wenn ich nicht auf der Stelle einen anständigen Fall zwischen die Finger bekomme, sehe ich noch weiße Polizeimäuse», knurrte er. «Ich will endlich zurück in die Großstadt!» Sehnsüchtig blickte er in die Ferne, als könne er hinten am Horizont bereits das Polizeihochhaus ausmachen. «Trickdiebe, Handtaschenräuber, Geldfälscher», zählte er auf, «Erpresser, Autodiebe, Scheckbetrüger, Hochstapler, Geiselnehmer, Bankräuber – ach, was war es doch für ein herrliches Leben!» Seine Augen leuchteten vor Begeisterung. «Rudolf, erinnern Sie sich noch an unsere durchschlagenden Erfolge?»

«Selbstverständlich, Herr Kommissar», antwortete Rudolf Flotthammer – auch wenn ihm beim Wort «durchschlagend» nur die Käsefabrik einfallen wollte, die sie im Eifer des Gefechts und rein aus Versehen in die Luft gesprengt hatten.

«Hätte uns der alte Grantheimer nicht in dieses Provinzkaff verbannt, müssten wir uns jetzt nicht diesen dilettantischen Kommissar Krüger ansehen», grollte der Kommissar, «sondern würden selbst vor der Kamera stehen!»

«Als ich finde Kommissar Krüger große Klasse», beteuerte Rudolf. «Wie der den Täter anhand von Bissspuren im Kaugummi entlarvt – das macht ihm keiner so schnell nach!»

Kommissar Pillermeier seufzte tief. Dann deutete er auf die gegenüberliegende Wand, die von oben bis unten mit Strichen bekritzelt war.

«Wie viele Tage noch, Rudolf?»

Jeder Strich stand für einen Tag Verbannung.

«646», murmelte Assistent Flotthammer, ohne von seinen Akten aufzublicken.

«Sie haben ja nicht einmal hingesehen», nörgelte der Kommissar.

«Gestern waren es 647», erklärte Rudolf Flotthammer mit kühler Logik. «Also ist es heute einer weniger.»

Der Kommissar war nicht überzeugt. «Zur Sicherheit, Rudolf, zählen Sie noch einmal nach!»

Während Assistent Flotthammer leise seufzend die Striche an der Wand zählte, lehnte Kommissar Pillermeier sich gemütlich zurück und griff nach dem Polizeichefmagazin.

«Nanu», murmelte er, «so dick heute?»

«316, 317 …», zählte Rudolf leise.

«*Große Frühlings-Extrabeilage*», las Kommissar Pillermeier. «*Der Polizist und sein Tier.*»

«Das ist ja interessant», sagte Assistent Flotthammer, der ein großer Tierfreund war. «Dürfte ich mir das Heft vielleicht einmal … Oh, verflixt, jetzt habe ich mich verzählt.» Achselzuckend begann er von vorne. «1, 2 …»

«Das müssen Sie sich anhören, Rudolf!» Kommissar Pillermeier begann vorzulesen: «*Neueste Trendtiere auf dem Gebiet der mo-*

dernen Verbrechensbekämpfung: Polizeischweine überzeugen mit ihrer feinen Spürnase und Polizeikrokodile mit ihrem kräftigen Biss … Rudolf», unterbrach er sich, «jetzt haben Sie sich schon wieder verzählt.»

«1, 2 …», begann Assistent Flotthammer von vorne.

«Polizeiwachtmeister Grindl schwärmt von seinem tierischen Assistenten», las der Kommissar weiter. *«Mein Krokodil Eberhard ist bei Verfolgungsjagden einfach ideal! Was er einmal zwischen den Reißzähnen hat, das lässt er nicht mehr so schnell los.»*

«219, 220», zählte Rudolf. Diesmal war er eisern darauf bedacht, sich nicht herausbringen zu lassen.

«Es ist nicht zu fassen!» Kopfschüttelnd betrachtete Kommissar Pillermeier die Nahaufnahme von Eberhards Krokodilsrachen. «Ideen haben manche Leute! Was wohl als Nächstes kommt? Bewaffnete Polizeiregenwürmer?»

«485, 486 ...»

Immer noch kopfschüttelnd blätterte der Kommissar um.

«497, 498 ...»

«Das wird Sie auch interessieren, Rudolf», verkündete Kommissar Pillermeier. «*Der Klassiker*», las er vor, «*immer noch ein Renner: Der Polizeihund.*»

«Verflixt und zugenäht», jammerte Assistent Flotthammer, «fast wäre ich so weit gewesen.» Resigniert kehrte er an den Anfang zurück. «1, 2 ...»

«*Polizeihunde gibt es in schier unendlicher Vielfalt. Es ist lediglich eine Frage des Geschmacks und des Geldbeutels, welchen Hund Sie auf Ihrer Polizeiwache einsetzen wollen ...*»

«482, 483», zählte Rudolf verbissen. Noch einmal würde er nicht durcheinander kommen.

«Nette Fotos haben sie in dem Artikel», sagte der Kommissar. «Schauen Sie doch mal, Rudolf!»

Rudolf standen Schweißperlen auf der Stirn. «533, 534», krächzte er.

«Im Allgemeinen bin ich ja kein Hundefreund», erklärte Kommissar Pillermeier. «Aber diese Dogge müssen Sie sich ansehen!» Einladend hielt er das Heft in die Höhe.

«590, 591 ...», Rudolf schielte über die Schulter, «591, 591 ...»

Aus. Vorbei.

«Herr Kommissar», flüsterte Rudolf am Ende seiner Kräfte, «ich kann nicht mehr.»

«Assistent Flotthammer», fragte Kommissar Pillermeier scharf, «erklären Sie mir gerade, dass Sie nicht in der Lage sind, diese läppische Strichliste durchzuzählen? ... Ach, was soll's auch», brummte er gleich darauf, «ist sowieso jeder Tag einer zu viel!»

Und damit reichte er mit Gönnermiene das *Polizeichefmagazin* an seinen Assistenten weiter.

Als Rudolf die Hundefotos betrachtete, vergaß er alle Strich-

listen dieser Welt: Da gab es Polizeipudel, Polizeispitze, Polizeibernhardiner, Polizeiwindhunde und Polizeidackel. Schwarze, braune, weiße, mit lockigem oder glattem Fell, spitzen oder hängenden Ohren, mit Schwanz und ohne saßen sie dekorativ im Polizeiwagen oder auf der grünen Wiese.

«Chef?», fragte Rudolf sehnsüchtig, «denken Sie eigentlich noch an Ihr Versprechen?»

«Versprechen, Rudolf?», fragte der Kommissar. «Was meinen Sie?»

«Letzten Winter, als die Kuckucksbrüder uns gekidnappt hatten», erinnerte ihn Assistent Flotthammer, «und uns in diesem tiefen Burgbrunnen das Wasser bis zum Bauchnabel stand, da haben Sie mir etwas versprochen. Bestimmt erinnern Sie sich, Sie haben sich doch damals vor Angst beinahe in den Overall gem...» Nach einem scharfen Blick seines Chefs räusperte er sich: «Ich meine, Sie haben mit kühlem Verstand unsere Lage durchdacht, und dabei haben Sie mir einen Polizeihund versprochen.»

«Sehen Sie, Rudolf», Kommissar Pillermeier verlieh seiner Stimme einen festen Klang, «in Zeiten äußerster Bedrängnis redet man manch Unbedachtes. Sie sollten nicht jedes meiner Worte auf die Goldwaage legen ...»

«Sie haben es aber versprochen!», beharrte Assistent Flotthammer.

«Und auch gehalten!», betonte der Kommissar. «Denken Sie nur an den Mops!»

«Aber der hat ja den Weihnachtsabend nicht überlebt.» Noch in der Erinnerung daran wischte sich Assistent Flotthammer eine Träne aus dem Augenwinkel.

«Dafür, dass Elvira Ihren Mops zum Weihnachtsmenü erkoren hat, kann ich nun wirklich nichts», erklärte der Kommissar kaltblütig. «Apropos Elvira», er deutete auf den Glaskasten auf der Fensterbank, «ich finde, ein Haustier reicht! Vor allem, wenn dieses Haustier Tag für Tag ein Kilo Fleischbällchen frisst!»

«Elvira ist aber kein Hund», sagte Rudolf störrisch.

«Aber bissig wie drei!»

Rudolf blieb verstockt. «Streicheln kann man sie auch nicht.»

«Warum denn nicht – haben Sie's schon mal versucht?», fragte der Kommissar spitz. «Und überhaupt: Wer wollte denn eine Mörderspinne – Sie oder ich?»

«Aber sie wäre sonst jämmerlich erfroren – damals in Eis und Schnee!»

«Genug jetzt!» Mit einer energischen Geste schnitt Kommissar Pillermeier Rudolfs weitere Einwände ab. «Befassen wir uns lieber mit unserer kriminalistischen Zukunft. Es ist höchste Zeit für einen neuen Plan.» Damit zog er ein Blatt Papier heran.

«Einen Plan, Herr Kommissar?», fragte Rudolf alarmiert.

Schwungvoll zeichnete Kommissar Pillermeier ein Pfeildiagramm auf das Papier. «Zurück in die Großstadt – in vier Stufen», schrieb er darunter.

Rudolf hatte ihm über die Schulter geblickt. «Gleich vier Stufen?», fragte er mit Panik in der Stimme.

«Stufe eins», dozierte der Kommissar erbarmungslos. «Wir werden …»

«Da fällt mir ein, Herr Kommissar», unterbrach ihn Assistent Flotthammer hörbar erleichtert, «Sie werden Ihren Stufenplan auf morgen verschieben müssen. Heute um zehn kommt doch die Schulklasse zur Besichtigung der Polizeiwache.»

«Schulklasse? Besichtigung?» Das Gesicht des Kommissars hellte sich auf. «Eine großartige Gelegenheit, um den Kindern den Polizeiberuf schmackhaft zu machen. Schließlich», sagte er mit einem anzüglichen Seitenblick, «bleiben Polizeiassistenten auch nicht immer jung. Also, Rudolf», und damit zog er drei verstaubte Bilderrahmen aus seiner Schublade, «schlagen Sie drei Nägel in die Wand.»

Heimlich verdrehte Assistent Flotthammer die Augen. «Aber Herr Kommissar», wandte er ein, während er den Hammer aus der Werkzeugkiste zog, «glauben Sie wirklich, die Kinder interessieren sich für Ihre Ehrenurkunden?»

«Die sollen nur gleich wissen, mit wem sie es zu tun haben!» Mit dem Uniformärmel wischte Kommissar Pillermeier die Rahmen sauber. «*Ehrenurkunde Kommissar Pillermeier*», prangte in großen goldenen Lettern im ersten Rahmen. Darunter stand winzig klein: «Das *Polizeichefmagazin* dankt seinem treuesten Leserbriefschreiber für den tausendsten Leserbrief.» Die zweite Urkunde war die Ehrung für zehn Jahre stille Mitgliedschaft im

Polizeichor, die dritte für einen ersten Platz beim Knödelwettessen der Polizeigewerkschaft.

Vor Tatkraft bebend, schritt Kommissar Pillermeier im Büro auf und ab. «Nun zur Ausstattung», sagte er entschlossen. «Wir wollen vor den Kindern der Stadt ja nicht als Habenichtse dastehen. Rudolf, besorgen Sie das Nötige bei Waffenhändler Ballerschmidt: ein halbes Dutzend Handschellen, zwei Gummiknüppel», er überlegte kurz, «eine Handgranatenattrappe und ein Minensuchgerät. Sputen Sie sich!»

«Jawohl, Herr Kommissar!» Im Eilschritt verließ Assistent Flotthammer das Büro.

Mit einem zufriedenen Seufzer ließ Kommissar Pillermeier sich in seinen Burosessel sinken. «So», er griff nach dem *Polizeichefmagazin*, «jetzt hat er die Sache mit dem Hund hoffentlich wieder vergessen – und ich kann in Frieden weiterlesen.» Doch dann setzte er sich noch einmal auf. «Das heißt», überlegte er, «vorher werde ich diese verflixte Beilage verschwinden lassen. Sicher ist sicher!»

Mit einem listigen Lächeln trug Kommissar Pillermeier das große Frühjahrssonderheft *Der Polizist und sein Tier* zum Akten-Reißwolf. Zwischen den messerscharfen Metallzähnen fanden Eberhard, das Polizeikrokodil, das zahme Polizeischwein und sämtliche Polizeipudel, -dackel und -windhunde ihr trauriges Ende.

«Jetzt kommt er wenigstens nicht mehr auf dumme Gedanken», nickte der Kommissar zufrieden. «Doch halt, was ist das?»

Am letzten Blatt, das der Reißwolf gerade einsaugte, hing eine verlockende Anzeige. «*Rubbeln Sie drei Pistolen frei, und Sie gewinnen ...*» Im nächsten Moment hatte Kommissar Pillermeier dem Reißwolf das Blatt entrissen, kam jedoch dabei dem Eingabeschlitz gefährlich nah. Zu nah!

«Wirst du ... wohl ... loslassen!» Mit aller Kraft wehrte sich Kommissar Pillermeier gegen die scharfen Eisenzähne, die gie-

rig an seinem Hosenbund zerrten – doch umsonst: Zentimeter für Zentimeter wanderte seine extra haltbare Wollhose (eine besondere Empfehlung des *Polizeichefmagazins*) in den Reißwolf. Schon sah der Kommissar seinen Bauch von den furchtbaren Metallzähnen in kleine, rosa Streifen zerlegt – da rettete er sich im allerletzten Augenblick mit einem halsbrecherischen Rückwärtssalto aus seiner Hose. Hilflos musste er mit ansehen, wie der Reißwolf seine schöne Uniformhose restlos verschluckte. Nur ein trauriges Häuflein Wollfäden blieb zurück.

«*Rubbeln Sie drei Pistolen frei und gewinnen Sie eine kostenlose Probepackung Schlingfraß XP*», war der vollständige Text auf dem geretteten Coupon.

«Ist es die Möglichkeit!», wetterte der Kommissar. «Meine Uniformhose für ein lächerliches Paket Hundefutter!»

In diesem Augenblick trat Rudolf Flotthammer nichts ahnend zur Tür herein. «Stellen Sie sich vor, Chef», rief er fröhlich. «Die Handschellen waren im Sonderangebot, und da dachte ich mir …»

«Rudolf, denken Sie nicht», nörgelte der Kommissar, «geben Sie mir lieber Ihre Hose.»

Ungläubig starrte Assistent Flotthammer auf die nackten Beine seines Chefs. «Was ist passiert?», fragte er.

Kommissar Pillermeier überhörte die Frage geflissentlich. «Sie werden wohl einsehen», raunzte er, «dass ich als Chef dieser Wache nicht so herumlaufen kann. Geben Sie mir sofort Ihre Hose! Das ist ein dienstlicher Befehl!»

«Aber Herr Kommissar», wagte Rudolf einzuwenden, «meine Hose wird Ihnen nicht passen.»

«Papperlapapp!» Mit einer Handbewegung wischte der Kommissar den Einwand beiseite. «Der winzige Unterschied wird kaum ins Gewicht fallen.»

Widerstrebend zog Assistent Flotthammer seine Hose aus und reichte sie seinem Chef, der sich mit eisernem Willen und eingezogenem Bauch hineinzwängte. Wie ein Zeppelin kurz vorm Abheben sah er nun aus.

«Sehen Sie, Rudolf», sagte er gepresst, denn durchzuatmen wagte er nicht mehr. «Alles kein Problem.» Sein Blick fiel auf die Wanduhr. «Zehn Uhr. Meinetwegen kann die Klasse jetzt kommen.»

Wie aufs Stichwort klopfte es in diesem Augenblick an die Tür der Polizeiwache.

«Rudolf, Sie dürfen öffnen.»

«Aber Chef», unglücklich blickte Rudolf an sich herunter, «das geht doch nicht. Sehen Sie mich doch an!»

«Von Ihrer Micky-Maus-Unterhose werden die Kinder ganz hingerissen sein», erklärte Kommissar Pillermeier. «Nur zu – öffnen Sie!»

Es klopfte zum zweiten Mal, laut und dringlich. In einer Aufwallung von Panik rannte Assistent Flotthammer in die Küche und kam mit einer großen Rolle Alufolie zurück, die er sich um Bauch und Po wickelte.

«Rudolf, öffnen Sie die Tür!»

Draußen stand Frau Studienrätin Isolde Trimm: Platinblonde Haare, hellblaue Stretchhose, durchtrainierter Körper.

«Du liebe Güte, bewegen Sie sich immer so langsam?», fragte sie schnippisch. «In der Zeit hätte ich ja die Bank ausrauben können!»

Dann verstummte sie: Rudolfs knisternder Aludress verschlug ihr die Sprache.

Den Bruchteil einer Sekunde später knallte Assistent Flotthammer die Tür wieder zu. Sicherheitshalber lehnte er sich noch von innen dagegen.

«Rudolf, Sie sind ja kreidebleich», bemerkte Kommissar Pillermeier erstaunt. «Was ist los – steht vielleicht ein Gespenst vor der Tür?»

«Schlimmer», flüsterte Rudolf verstört. «Eine Sportskanone – und eine Mädchenklasse! Herr Kommissar, das können Sie mir nicht antun: Ich bin nicht entsprechend gekleidet!» Vor Unbehagen trat er von einem bestrumpften Fuß auf den anderen.

Wieder klopfte es gebieterisch. «Sofort aufmachen», hörte man Isolde Trimm. «Widerstand ist zwecklos. Wir sind angemeldet!»

Der Kommissar sammelte sich. «Assistent Flotthammer, lassen Sie uns der Gefahr mutig ins Auge sehen. Öffnen Sie!»

Kaum hatte Rudolf die Tür einen Spaltbreit geöffnet, fegte Studienrätin Trimm ihn mit einem energischen Schwung zur Seite, und wie ein Vogelschwarm fiel die Mädchenklasse in die Polizeiwache ein.

«Als Leiter dieser Polizeiwache heiße ich Sie herzlich willkommen.» Kommissar Pillermeier stand hinter seinem Schreibtisch – sitzen konnte er in der engen Hose nicht –, hielt die Luft an und lächelte angestrengt. «Vielleicht möchten die Damen mit der Besichtigung der Teeküche beginnen?»

«Teeküche?» Isolde Trimm zog die sorgfältig gezupften Augenbrauen hoch. «Wir besuchen Sie im Rahmen der Projektwoche *Starke Mädchen können alles besser!* Als Sportlehrerin möchte ich die Schülerinnen mit modernen Kampfsportarten vertraut machen.»

«Um Himmels willen», flüsterte Rudolf seinem Chef zu, «was sucht die dann bei uns?»

Mit kritischem Blick musterte die Sportlehrerin die Leibesmitte des Kommissars. «Auf wie viele Liegestütze kommen Sie pro Tag?»

«Der Herr Kommissar liegt gern», gab Rudolf bereitwillig Auskunft, «aber stützen muss man ihn dabei nicht.»

«Was ist mit Ihnen?», fragte Studienrätin Trimm. «In Ihrem Aufzug schaffen Sie doch nicht einmal eine Kniebeuge!»

Die Mädchen begannen zu kichern. Rudolfs Gesichtsfarbe wechselte von bleich zu einem leuchtenden Rot.

«Nun», kam ihm sein Chef zur Hilfe, «aus Anlass Ihres Besuchs trägt mein Assistent die … ähm … Polizeikleidung der Zukunft.»

«Oder die Folienkartoffelmode der Zukunft», flüsterte eines der Mädchen laut und vernehmlich.

Der Kommissar warf einen strafenden Blick in die Runde. «Dieses völlig neuartige Material ist extrem stoßfest, extrem reißfest, extrem dehnbar … mit einem Wort … ähm … extrem geeignet für … ähm … extreme Einsätze.»

«Dann führen Sie uns doch einmal einen solchen Einsatz vor!» Studienrätin Trimm sprach mit tiefer, schmeichelnder Stimme, und dem Kommissar wurde heiß. «Zeigen Sie, was in Ihnen steckt!»

Fünfundzwanzig – nein, sechsundzwanzig Augenpaare richteten sich erwartungsvoll auf die beiden Polizisten.

«Herr Kommissar», flehte Rudolf in Gedanken, «jetzt keinen Fehler machen! Nicht bewegen!»

Doch schon hörte er seinen Chef laut verkünden: «Nichts lieber als das! Meine Damen, Sie haben die Wahl: Karate, Judo, Kickboxen, Paragliding …»

«Karate, Karate!» Die Mädchen klatschten vor Begeisterung in die Hände, während der Kommissar mit geübter Geste seine Hände in Kampfstellung brachte.

«Rudolf, Sie sind jetzt der gemeine Verbrecher», kommandierte er, «und ich bin der Arm des Gesetzes.» Mit drohend erhobenen Handkanten näherte er sich.

«Aber Chef», rief Rudolf schnell, «kann ich nicht der Arm des Gesetzes sein, und Sie …»

Zu spät: Wie ein Puma sprang Kommissar Pillermeier seinen

Assistenten an, dessen Aludress bereits unter den ersten Karatehieben zerriss. Doch in seinem Kampfrausch merkte der Kommissar davon nichts. Erst als es einen lauten Knall tat, hielt er verwirrt inne. «Wer hat da geschossen?»

«Die Hose», flüsterte Rudolf Flotthammer betreten. «Ihre, nein, meine Hose. Sie ist geplatzt!»

«Extreme Einsätze, was?», fragte Studienrätin Isolde Trimm spitz. «Sie wollen uns wohl für dumm verkaufen – Sie Unterhosenhelden! Los, Mädchen», energisch wies sie zur Eingangstür, «wir gehen ins Kino. Da gibt es wenigstens noch echte Männer! Guten Tag, meine Herren!»

Sechsundzwanzig verächtliche Blicke prasselten auf den Kommissar und seinen Assistenten herab – dann war die Schulklasse verschwunden.

Benommen rappelte sich Kommissar Pillermeier hoch.

«Rudolf», kommandierte er ein wenig schwächlich, «besorgen Sie neue Uniformhosen!»

Aber Rudolf rührte sich nicht vom Fleck. «Herr Kommissar», sagte er mit bebender Stimme, «wenn Sie glauben, dass ich ohne Hosen Hosen kaufe, dann irren Sie sich! Vor einer Mädchenklasse in Unterhosen – das war zu viel!»

‹Mist›, dachte der Kommissar. ‹Das klingt nach Saure-Gurken-Tagen!›

Weitaus die meiste Zeit war Rudolf Flotthammer ein friedfertiger, wohlerzogener Polizeiassistent. Wurde er jedoch einmal richtig böse, brachen schwere Zeiten für den Kommissar an, mit steinharten Frühstückseiern, versalzenen Keksen, angebranntem Tee. Doch es gab eine Möglichkeit, diesen unerträglichen Zustand abzuwenden ...

«Rudolf», sagte Kommissar Pillermeier mit einschmeichelnder Stimme, «ich habe es mir noch einmal durch den Kopf gehen lassen. In Anbetracht Ihrer Verdienste, Ihrer Treue und Ihrer leckeren Schokoladentorten will ich Ihnen eine Freude machen. Rudolf», wirkungsvoll tat er einen tiefen Atemzug, «was würden Sie davon halten, wenn wir uns doch einen Hund anschaffen?»

Die eiskalte Berechnung klappte wie am Schnürchen: Über Rudolfs Gesicht ging ein Leuchten.

Der Kommissar grinste hinterhältig. «Aber nur», fügte er hinzu, «wenn Sie dafür neue Hosen besorgen!»

Keine halbe Stunde später breitete Rudolf glückstrahlend seine Einkäufe auf dem Schreibtisch aus.

«Sehen Sie doch, Herr Kommissar», erklärte er stolz. «Ich habe Ihnen gleich drei Paar Hosen gekauft. Aus extra haltbarem Wollstoff, mit Dehnbund – genau wie Sie Ihre Hosen wollen.» Und dann fügte er mit glänzenden Augen hinzu: «Also?»

«Was also?», knurrte Kommissar Pillermeier.

«Unser Hund!», sagte Rudolf mit Nachdruck.

«Ja, nun», brummte der Kommissar missmutig, «dann werden wir uns wohl mal darum kümmern müssen.»

«Wir werden einen armen, einsamen Hund glücklich machen», sagte Rudolf eifrig. «Vielleicht auch zwei oder drei … Herr Kommissar, ich schlage vor, wir gehen ins Tierasyl.»

«Tierasyl», wiederholte der Kommissar mit dem Ausdruck tiefster Verachtung. «Rudolf, eines sage ich Ihnen klipp und klar: In meine Polizeiwache kommt nur ein *Edler von Schimanski.*»

«Wie bitte?»

«*Edler von Schimanski* ist der Zuchtname», dozierte Kommissar Pillermeier, Kenner der Polizeihundmaterie durch und durch. «Eine Spezialzüchtung – zugeschnitten auf die Bedürfnisse des modernen Polizeialltags. So ein *Edler von Schimanski* kann einem die Zeitung und die Pantoffeln bringen … und lästige Besucherinnen vom Leib halten.» Während er sprach, trennte er ein Bestellformular aus dem *Polizeichefmagazin* und reichte es seinem Assistenten.

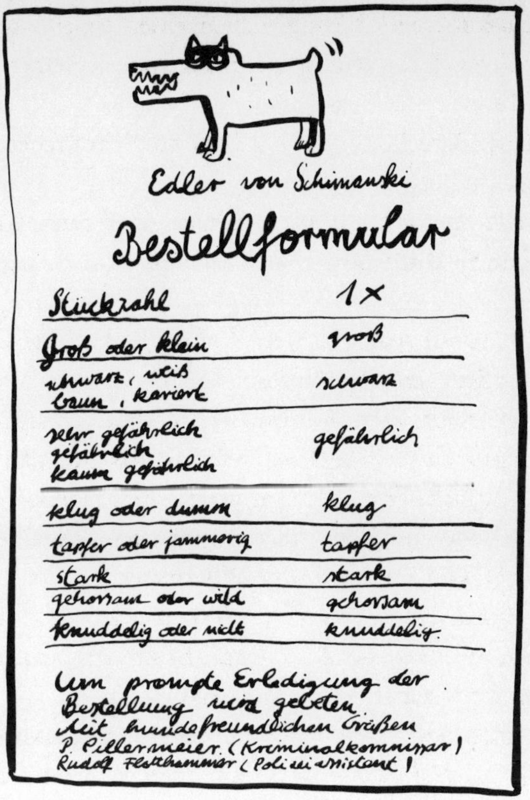

Rudolf warf einen Blick auf das Formular. «Da soll man das Gewünschte ankreuzen», sagte er. «Wie stellen Sie sich denn unseren Polizeihund vor, Herr Kommissar?»

«Groß, schwarz, scharf, gefährlich. Eine richtige Kampfmaschine!» Kommissar Pillermeier sprach mit zunehmender Begeisterung. «Von seinem Wesen her muss er tapfer, fleißig, pflichtbewusst und selbstverständlich sorgfältig ausgebildet sein. Im Grunde», sagte er mit einem Seitenblick auf Rudolf Flotthammer, «genau die gleichen Qualitäten, die auch einen tüchtigen Polizeiassistenten auszeichnen. Nur sollte er auch noch bissig sein!»

«Chef», sagte Rudolf vorsichtig, «ganz unten auf der Liste gäbe es auch noch *niedlich, weich, lieb* und *knuddelig* anzukreuzen.»

Kommissar Pillermeier blickte seinen Assistenten mit gerunzelter Stirn an. «Assistent Flotthammer, ich frage mich wirklich: Wann wird wohl endlich ein richtiger Polizist aus Ihnen?»

«Ich lege dem Bestellzettel noch einen Brief bei», sagte Rudolf schnell und setzte sich an seine Polizeischreibmaschine.

«An die Hundezucht ‹Edle von Schimanski›
Qualitätshunde seit über 100 Jahren

Hiermit bestellen wir:
1 Stück Qualitätshund ‹Edler von Schimanski›
mit folgenden Eigenschaften:
groß
schwarz
gefährlich
klug
tapfer
stark
gehorsam

«Von mir aus», knurrte Kommissar Pillermeier gnädig, «schreiben Sie auch noch *knuddelig* dazu – aber mit ganz kleinen Buchstaben!»

«Mach ich, Chef», strahlte Rudolf und tippte weiter:

Um prompte Erledigung der Bestellung wird gebeten.
Mit hundefreundlichen Grüßen
P. Pillermeier, Kriminalkommissar
Rudolf Flotthammer, Polizeiassistent

«Warten Sie», Kommissar Pillermeier kramte nach dem Gewinncoupon. «Wenn wir Glück haben, dann gewinnen wir ...», mit seinem Taschenmesser rubbelte er drei Pistolen frei, «... ja, ein Paket Schlingfraß XP. Schicken Sie den Coupon gleich mit weg, Rudolf. Schließlich», gedankenverloren riss er eine neue Tüte Sahnebonbons auf, «haben wir in dieser Polizeiwache mehr hungrige Mäuler zu stopfen.»

Grimmigen Blicks sah er auf Elvira in ihrem Glaskasten, die ihr dreizehntes Fleischbällchen verspeiste. Was gerade mal ihre halbe Tagesration war!

Traum und Wirklichkeit

In der darauf folgenden Nacht schlief der Kommissar schlecht. Riesengroß und bedrohlich sah er im Traum die Schlagzeile der Morgenzeitung vor sich:

Aktion TFDP: Turnender Fettwanst – Diensthose platzt!

Darunter ein Foto: Er selbst in geringelter Unterhose, Assistent Flotthammer in Alufolie …

Schweißgebadet erwachte er am nächsten Morgen. Als Rudolf Flotthammer ihn auf der Wache mit einem aufgeregten «Herr Kommissar, haben Sie schon die Zeitung gelesen?» empfing, fühlte er seine schlimmsten Ahnungen bestätigt.

«Ich habe heute Morgen keinen Appetit.» Ungnädig schob der Kommissar ein halbes Dutzend Sahnebaisers und Rudolfs Morgen-Muntermachtee aus Zitronenschale und extra saurer Prickelbrause zur Seite.

Rudolf Flotthammer legte die Morgenzeitung auf den Schreibtisch des Kommissars. «Sie müssen sich die erste Seite ansehen», sagte er. «Das ist einfach unglaublich!»

«Mit einem Wort: Stadtgespräch!», sagte der Kommissar düster. Bei der Vorstellung, in Unterhosen auf allen Frühstückstischen zu liegen, wurde ihm ganz flau zumute.

«Zweifellos», antwortete Rudolf fröhlich.

«Sie finden das Ganze wohl auch noch lustig!»

«Warum denn nicht?», fragte Rudolf Flotthammer erstaunt. «Endlich ist mal was los in der Stadt!»

Kommissar Pillermeier sah seinen Assistenten an, als hätte dieser den Verstand verloren. «Auf diese Art Berühmtheit kann ich verzichten», grunzte er.

«Aber stellen Sie sich doch vor, Herr Kommissar: So ein Film ...»

«Was», rief der Kommissar in höchstem Entsetzen. «die haben gleich einen Film daraus gemacht? Rudolf, die Schande überlebe ich nicht!»

Jetzt ging Assistent Flotthammer ein Licht auf. «Ach, Sie haben Angst, dass Sie in der Zeitung ... nein», sagte er dann beruhigend. «Nun lesen Sie doch erst einmal. Diese Studienrätin hatte doch keine Kamera dabei!»

Zögernd faltete Kommissar Pillermeier die Zeitung auf. Und als er jetzt endlich die echte Schlagzeile las, fiel ihm ein dicker Stein vom Herzen.

Sheriffs, Schurken, scharfe Schüsse: Hollywood kommt!!!

Die Sensation ist perfekt: In knapp zwei Wochen wird ein amerikanisches Filmteam einen Western drehen – in unserer Stadt!
«Diese Stadt ist Wildwest pur!», schwärmt der bekannte Hollywoodregisseur Joe Hamburger (bisherige Filme: «Sandra und der Sandwurm», «Wilma und die Windhose», «Rita und die Riesenqualle»). «Bescheidene Häuser, ein paar kleine Lädchen, und abends wird der Bürgersteig hochgeklappt. Romantik pur, als sei die Zeit stehen geblieben!»
«Sheriffs, Schurken, scharfe Schüsse», so der geplante Titel, hat alle Zutaten zum Kassenschlager: Sheriffs und Revolverhelden, Bankraub und Liebesgeschichte.
Bewusst verzichtet Regisseur Hamburger dabei auf das übliche Starkino: «Ich brauche ehrliche, vom Leben gezeichnete Gesichter», so der Regisseur. «Das Leben in einer Wildweststadt war schließlich kein Zuckerlecken!»
Joe Hamburger wird deshalb alle Rollen mit Bewohnern unserer

Stadt besetzen. Kommen Sie zum Casting, stellen Sie Ihr Talent unter Beweis! Als Lohn winkt eine Rolle in einem echten Hollywoodwestern!»

«Ein Western!» Kommissar Pillermeier war hingerissen. «Mit Sheriff und Hilfssheriff! Rudolf, die Rollen sind so gut wie vergeben: an uns!»

Während er sprach, spielte sich vor seinem inneren Auge eine ergreifende Szene ab: In einer schimmernden Limousine wird er, der gefeierte Filmstar Pillermeier, von seinem Chauffeur Rudolf zur Filmpremiere gefahren. Der rote Teppich liegt ausgerollt, Blitzlichtgewitter prasselt nieder, die anwesenden Damen, von denen eine auf erstaunliche Weise Isolde Trimm ähnelt, werfen ihm schmachtende Blicke zu …

«Also, ich glaube nicht, dass ich Talent zum Schauspielern habe», riss Rudolfs Stimme ihn aus seinem Traum.

«Das ist nebensächlich, Rudolf», belehrte ihn der Kommissar. «Mein Talent reicht für uns beide. Schließlich habe ich bereits im Schultheater wahre Triumphe gefeiert.»

«Was haben Sie denn damals gespielt?», fragte Assistent Flotthammer.

«Warten Sie», der Kommissar musste sich besinnen. «Das Stück hieß ‹Der Untergang der Platinic›.»

«Und Sie waren der Kapitän», mutmaßte Rudolf.

Kommissar Pillermeier sah seinen Assistenten verblüfft an. «Woher wissen Sie das?»

«Ehm, nun ja …», Assistent Flotthammer hüstelte, «bei Ihrem Talent, Chef!»

«Da haben Sie völlig Recht, Rudolf», nickte der Kommissar geschmeichelt.

Ohne weitere Zwischenfälle verging der Vormittag. Nach einem kleinen Mittagsimbiss (Hackbällchen für Mensch und Tier) brachen die beiden Polizisten zu ihrem freitäglichen Pa-

trouillengang auf, den Kommissar Pillermeier einige Wochen zuvor eingeführt hatte.

«Präsenz, Rudolf!», pflegte der Kommissar zu betonen. «Die Schurken dürfen erst gar nicht auf dumme Gedanken kommen – sonst ziehen hier Sitten wie im Wilden Westen ein!»

Doch so aufmerksam sie auch nach den Schurken Ausschau zu halten pflegten – das einzig Aufregende bei ihren Patrouillen waren der Nachmittagskrimi im Schaufenster der Fernsehhandlung Kabelreiß und die Erholungspause in der Konditorei Kränzel. Normalerweise – heute allerdings reihte sich eine Merkwürdigkeit an die andere.

Es begann mit Bankier Rattenkuhn, der gerade die Tür seines Bankhauses verriegelte. Daran war nun nichts Ungewöhnliches – doch als Herr Rattenkuhn höflich den Hut lüftete, fielen Rudolf beinahe die Augen aus dem Kopf.

«Na, so was», flüsterte er. «Bankier Rattenkuhn hat auf einmal Haare!»

«Herr Rattenkuhn trägt Toupet», erklärte Kommissar Pillermeier von oben herab. «Manchen Männern fehlt eben der Mumm, zu ihren kleinen Schönheitsfehlern zu stehen.»

«Wie gut, dass Sie darüber erhaben sind», sagte Rudolf mit Blick auf die Dehnbundhose.

Als die Polizisten an der Fischhandlung Hein Butt vorüberkamen, klangen schmelzende Töne aus der offenen Tür.

«In einem Bächlein helle, da schoss in fro-hoher Eil', die launische Forelle vorüber wie-hie ein Pfeil ...»

«Seit wann ist Herr Butt unter die Sänger gegangen?», wunderte sich Rudolf.

«Hoffentlich geht das vorüber!», knurrte der Kommissar. «Bei dem Knödeltenor rollen sich ja die Rollmöpse auf!»

In der Tierhandlung Kreuch und dem Bettengeschäft Driemer waren keine Auffälligkeiten festzustellen. Dann aber wollten Kommissar und Assistent ihren Augen kaum trauen: Im Schaufenster der Wäscherei Sudlauger entdeckten sie in einem der hölzernen Nostalgiebottiche eine Frauengestalt.

«Das ist Frau Sudlauger», flüsterte Rudolf. «Um Himmels willen – sie wird sich doch nicht ertränken wollen!»

Doch beim näheren Hinsehen schien Frau Sudlauger sich lediglich gemütlich in der Seifenbrühe zu räkeln. Gespannt beobachteten beide Polizisten, wie nun Herr Sudlauger zu seiner Frau trat – in einer weißen Leinentoga!

«Sehen Sie das, Herr Kommissar?», wisperte Rudolf. «Er serviert ihr Wein und frische Feigen. Als wäre sie Cleopatra im Bade!»

«Merkwürdig», grübelte Kommissar Pillermeier beim Weitergehen. «Mein kriminalistischer Spürsinn sagt mir: Irgendetwas stimmt nicht in der Stadt.»

Mit einer tiefen Denkfurche zwischen den Augenbrauen betrat er die Konditorei Kränzel, wo ihr Rundgang wie an jedem Freitag enden sollte.

«Tee und Cremetörtchen, wie gewöhnlich?», fragte Konditormeister Kränzel.

«Herr Kränzel», rief Rudolf besorgt aus, «geht es Ihnen gut?»

Die Frage war berechtigt. Statt seiner üblichen Konditorenkluft mit weißer Knopfjacke trug der Konditormeister heute einen rotseidenen Kimono, unter dem schwarze Strumpfhosen hervorlugten.

«Mir geht es blendend, danke der Nachfrage», antwortete Herr Kränzel – bevor er herumwirbelte und mit der Handkante eine Erdbeertorte zerhackte.

Fassungslos schüttelte Rudolf Flotthammer den Kopf. «Verstehen Sie das, Herr Kommissar?», flüsterte er. «Herr Komm... *Herr Kommissar?!*»

Doch Kommissar Pillermeier hörte ihn nicht: Viel zu sehr war er in sein Spiegelbild auf der verchromten Kuchentheke vertieft. Mit einer eleganten Bewegung rückte er einen imaginären Hut zurecht, zückte dann blitzschnell seine Dienstpistole, tat, als würde er auf einen Gegner feuern, und blies lässig den Rauch von der Mündung. Alles mit erstklassigem Westernheldenblick!

«Was um alles in der Welt machen Sie denn da, Herr Kommissar?»

«Ähem ...», einigermaßen verlegen schob Kommissar Pillermeier die Pistole in die Tasche zurück.

«Jetzt begreife ich», sagte Rudolf plötzlich. «Die Zeitungsmeldung. Herr Rattenkuhn, Herr Butt, Frau Sudlauger, Herr Kränzel – alle wollen zum Film. Und nun auch Sie!»

Rudolf Flotthammer hatte messerscharf geschlossen. In der Tat hatten die Bewohner des kleinen Städtchens sich einen hochgradig ansteckenden Virus eingefangen: Den Filmfiebervirus. Für den Körper harmlos, kann das Filmfieber im Kopf gehörigen Schaden anrichten: Tagträume, Realitätsverlust und Größenwahn sind nur die häufigsten Symptome.

Hätten die braven Stadtleute nur geahnt, was sich am gleichen Freitag jenseits des großen Ozeans abspielte, in einer kleinen Kaffeebar mitten in Hollywood – blitzschnell wären sie vom Filmfieber geheilt gewesen.

Bereits am Morgen gab es in der kleinen Kaffeebar keinen freien Tisch mehr. Höflich lüpften zwei junge Männer den Hut vor einer älteren Lady, bevor sie an ihrem Tisch Platz nahmen. Obwohl der eine den anderen um einen ganzen Kopf überragte, ähnelten sie sich doch irgendwie: Beide hatten einen altmodischen Langhaarschnitt und trugen Jacketts von eher schäbiger Eleganz. Nervös blickten sie sich um.

«Was denkst du, Joe», fragte der Kleinere von beiden, «ist es vielleicht der Schrank da drüben?» Mit dem Kinn wies er auf einen Dreizentnermann am Nebentisch, der einen Riesenberg Schokoladencreme in sich hineinschaufelte.

«Ausgeschlossen», antwortete der Lange entschieden. «Der passt doch durch keine Tresortür!»

«Vielleicht hat Rob Robber dein Angebot nicht ernst genommen und kommt gar nicht?»

«Psst!» Der Lange warf einen raschen Seitenblick auf die Lady an ihrem Tisch, doch die rührte versunken in ihrer Tasse und hatte offensichtlich nichts mitbekommen.

Jeden Neuankömmling muster-ten die beiden Männer eindringlich aus den Augenwinkeln – doch jedes Mal schüttelte der Lange den Kopf. Bis ein hoch gewachsener, hagerer Typ im schwarzen Trenchcoat die Kaffeebar betrat.

«Das ist er», flüsterte der Lange.

Vor Aufregung hätte der Kleinere beinahe seine Tasse umgekippt. «Was machen wir jetzt, Joe?»

«Nichts. Im Brief stand, er wird uns zu finden wissen.»

«Verzeihung», sagte die grauhaarige Dame an ihrem Tisch plötzlich, «darf ich Sie vielleicht zu einem Stück Kuchen einladen?»

«Nein, vielen Dank», lehnte der Lange geistesabwesend ab, dabei ließ er den Mann im Trenchcoat nicht aus den Augen.

«Etwas Kuchen würde Ihnen gut tun», beharrte die nette Lady. «Sie sind ja beide blass wie eine Leinwand!»

Scheinbar ziellos bewegte sich der Hagere an den Tischen vorbei und setzte sich schließlich zu einem Trio kartenspielender Rentner.

«Solange *sie* hier sitzt, wird er nicht kommen», zischte der Kleine mit einem scheelen Blick auf die Lady.

Die grauhaarige Dame winkte der Kellnerin. «Noch eine Runde Kaffee», orderte sie, «und Kuchen für die Herren!»

«Ich habe Ihnen doch gesagt, wir wollen keinen Kuchen», sagte der Lange barsch.

«Vielleicht bekommen Sie ja doch noch Appetit», versetzte die Lady lächelnd. «Ich habe Zeit.»

Der Lange verdrehte die Augen. «Müssen Sie nicht nach Hause zu Ihren Enkelkindern?»

«Aber nein», antwortete die Dame. «Ich lebe ganz ohne Anhang.»

«Frag nichts mehr, Joe», zischte der Kleine. «Sonst schüttet sie uns noch stundenlang ihr Herz aus!»

«Warum sind Sie denn so nervös?», fragte die ältliche Lady besorgt. «Hängt das mit Ihrem Beruf zusammen? Soll ja sehr nervenaufreibend sein – das Filmgeschäft.»

«Davon haben Sie doch keine Ahnung», entgegnete der Lange genervt. Im nächsten Moment zuckte er zusammen. «Woher wissen Sie, dass wir beim Film sind?», stammelte er. «Sie sind doch nicht etwa ...»

Die grauhaarige Dame konnte sich ein Lächeln nicht verkneifen. «Mein lieber Joe Hamburger», sagte sie, «Sie haben den gefährlichsten Bankräuber der ganzen Westküste gesucht. Bitte schön: Vor Ihnen sitzen siebenhundertsiebenundsiebzig ausgeraubte Banken, achtundneunzig geknackte Hotelsafes und fünfundzwanzig ausgeräumte Kunstgalerien.»

Wie vom Donner gerührt, begaffte Regisseur Joe Hamburger die ältliche Lady: Von der unscheinbaren Lockenfrisur hinab über das altmodische Tupfenkleid und das lächerliche Handtäschchen bis zu den bequemen Gesundheitsschuhen.

«Sie ... Sie sind Rob Robber?», fragte auch Regieassistent Shorty Brown fassungslos.

«Soll ich mir vielleicht ein Schild um den Hals hängen: Erfolgreichster Bankräuber der letzten dreißig Jahre?», fragte die Dame trocken. «Eigentlich heiße ich Roberta McRobbin», stellte sie sich dann vor. «Rob Robber ist mein Künstlername.» Sie nippte an ihrem Kaffee, bevor sie in geschäftsmäßigem Tonfall fortfuhr: «Also, was kann ich für Sie tun?»

«Ich ... ähm», Joe Hamburger war noch damit beschäftigt, sich von seiner Überraschung zu erholen, «ich ... wollte Sie engagieren. Für ein Projekt in Europa.»

«Ach ja?» Rob Robber zog die Augenbrauen hoch. «Wollen Sie einen Film mit mir drehen?»

«Keinen Film – ein Ding will ich drehen», sagte der Regisseur stolz.

Abschätzig musterte Rob Robber die beiden blassen Männer.

«Ein Ding drehen? Ihr zwei? Mister Hamburger, sind Sie sicher, dass Sie sich Ihre eigenen Filme nicht ein wenig zu oft angesehen haben?» Spöttisch verzog sie die Mundwinkel. «‹Mord auf dem Eiffelturm› oder ‹Der Juwelendieb von Kairo›?»

«Diese Streifen sind nicht von mir», sagte Joe Hamburger beleidigt.

«Und warum», fuhr Rob Robber unbeeindruckt fort, «sollen wir für Ihr ‹Ding› quer über den Atlantik jetten? Bleibe im Lande und nähre dich redlich, sagte schon mein lieber Daddy – damals, bei der Feier meines fünfhundertsten Bruchs. Es gibt auch hier noch eine Reihe Banken, die ich noch nicht von innen gesehen habe.»

«Passen Sie auf», Joe Hamburger kramte in seiner Jacketttasche, «wir fliegen in ein kleines Städtchen. Tiefste Provinz, ruhig, beschaulich …»

«Klingt wie eine Filmkulisse», unterbrach Rob Robber ihn spöttisch.

«Nein, die Stadt gibt es wirklich …» Zum Beweis seiner Worte legte der Regisseur eine Postkarte auf den Tisch. Unter einem Transparent *Hundert Jahre Städtische Blaskapelle* strahlten zwei Dutzend Blechbläser in die Kamera. Dahinter konnte man einen von Fachwerkhäusern umrahmten Marktplatz erahnen.

«Eine andere Postkarte habe ich nicht aufgetrieben», sagte Joe Hamburger entschuldigend. «Die Stadt ist kein Touristenort. Genau genommen ist dort überhaupt nichts los. Selbst die Polizei dreht den ganzen Tag Däumchen.»

«Aufregende Geschichte!» Rob Robber hatte ein Häkelzeug aus ihrer Handtasche geholt.

«Warten Sie, jetzt kommt's», Joe Hamburgers Stimme zitterte leicht. «Zufällig ist der dortige Bankdirektor ein Cousin des königlichen Haushofmeisters.»

«Königlicher Haushofmeister?» Rob Robber klang, als würde sie ‹stieläugiger Marsmensch› sagen.

«Hausmeister im Schloss von Königin Mathilde der Zweiten», erklärte Shorty.

«Ich dachte, so was gibt's nur noch im Film», sagte Rob Robber kopfschüttelnd.

«Im königlichen Palast», berichtete Joe Hamburger weiter, «wird gerade die Schatzkammer umgebaut. Alarmanlage, Klimaanlage, automatische Schussanlage – das ganze Programm.»

«Das», sagte Rob Robber, «klingt jetzt richtig modern. Und hört sich an wie eine Geschichte, um die jeder vernünftige Räuber einen großen Bogen macht!»

Joe Hamburger schien sie nicht zu hören. «Während des Umbaus», redete er erregt weiter, «müssen die Diamanten der Königin ausgelagert werden. Und wie es der Zufall will, weiß ich, wo sie untergebracht werden.» Er sah Rob Robber eindringlich an und hob die Postkarte in die Höhe: «Hier!»

«Im Tubatrichter?», fragte Rob Robber ungläubig.

«Aber nein», warf Shorty ungeduldig ein. «Im Tresor, in der kleinen Bank des Städtchens. Erinnern Sie sich: Der Bankdirektor ist der Cousin des Haushofmeisters!»

Rob Robber rührte in ihrer Kaffeetasse. «Und weiter?»

Joe Hamburger warf ihr einen leicht verunsicherten Blick zu. «Und weiter? Na, ja», er räusperte sich verlegen, «natürlich wollen wir die Diamanten der Königin rauben.»

Rob Robber zuckte die Schultern. «Das können Sie von mir aus gerne tun», sagte sie freundlich, «allerdings ohne mich. Diamanten, Brillanten ... das ist Klunkerkram für Filmsternchen. In meinem Alter setzt man eher auf frische, knisternde Dollarnoten und massive Goldbarren.»

«Aber begreifen Sie denn nicht?», warf Shorty Brown aufgeregt ein. «Wir reden hier nicht über irgendwelche Klunker. Allein der größte Diamant der Sammlung wird auf zehn Millionen Dollar geschätzt.»

Bei diesen Worten trat ein merkwürdiges Leuchten in die

sanften braunen Augen der Lady. «Wartet mal. Langsam», sagte sie mit veränderter Stimme. «Ihr beide sprecht nicht zufällig vom Lumpior-Diamanten?»

Regisseur und Assistent starrten Rob Robber verblüfft an. «Woher wissen Sie ...»

«Weil es auf der ganzen Welt nur einen einzigen Stein dieses Wertes gibt.» Rob Robber sprach langsam und nachdrücklich. «Über fünfhundert lupenreine Karat – jeder Hehler würde sich die Finger danach lecken!»

«Soll das heißen», fragte Joe Hamburger atemlos, «Sie sind dabei?»

Statt zu antworten, betrachtete Rob Robber die vergilbte Postkarte. «Dieses Prachtstück – in dem Musikantenstadel!», sagte sie kopfschüttelnd. «Sind die Informationen gesichert?»

«Mein Onkel», erläuterte der Regisseur, «betreibt einen Imbissstand. *Burgerqueen*. Liegt dem Palast der Königin genau gegenüber.»

Rob Robber verzog angewidert das Gesicht. «Ich hasse Imbissstände», sagte sie. «Woher will Ihr fetttriefender Burgeronkel wissen, was im Palast vor sich geht?»

«Die Köche der Königin kochen miserabel», erzählte Joe Hamburger weiter. «Man munkelt, selbst die Königin hole sich jeden Tag einen Queensburger – inkognito, versteht sich. Praktisch alle königlichen Beamten speisen bei *Burgerqueen*. Man plaudert über dieses und jenes – so ist mein Onkel immer bestens über alles informiert. Von den Diamanten hat er mir ganz arglos geschrieben … Ich bin nämlich sein einziger Neffe», fügte er erklärend hinzu. «Hätte *Burgerqueen* eigentlich übernehmen sollen … Doch wer will schon den ganzen Tag wie ein Hamburger riechen – wenn er schon Hamburger heißt! Deshalb bin ich ausgewandert.»

«Und ich mit ihm», erklärte Shorty. «Wir kennen uns schon seit der Schulzeit. Mein Freund Joe ist ein großer Künstler», fügte er noch stolz hinzu.

«Vom Frittenbrater zum Filmfritzen – und nun zum Safeknacker: nette Karriere», nickte Rob Robber anerkennend. «Aber warum eigentlich? Ihr Filmleute schwimmt doch im Geld.»

«Na ja», Regisseur Hamburger wand sich verlegen, «mein letzter Film ‹Rita und die Riesenqualle› war ...

«... ein kühnes künstlerisches Experiment», betonte Shorty.

«... ein totaler Flop an den Kinokassen», gestand der Regisseur. «Jetzt will die Produktionsfirma nichts mehr für meinen neuen Streifen herausrücken.»

«Dabei hat der das Zeug zum Superknüller», sagte Shorty überzeugt. ‹Petra und die Piranhas›! Das wird das reinste Blutbad. Einfach genial!»

«Ich hasse Blut», sagte Rob Robber pikiert. «Meine Arbeit ist stets sauber und hygienisch. Kein Blut, keine Flecken.» In ihre Miene trat ein entschlossener Zug. «Stellt sich also die Frage, wie wir sauber und unblutig an die Diamanten herankommen.»

«Das ist alles genau durchdacht, Madam!» Shorty platzte fast vor Stolz. «Besser als jedes Drehbuch. Erzähl's ihr, Joe!»

«Wir werden so tun», sagte Joe Hamburger mit verheißungsvoller Stimme, «als würden wir einen Film in der Stadt drehen. Bis zum letzten Augenblick wird jeder glauben, die Sache wäre echt. ‹Sheriffs, Schurken, scharfe Schüsse› wird der Titel des Streifens lauten. Ein Western mit allem Drum und Dran – selbstverständlich auch», er machte eine bedeutungsvolle Pause, «mit einem Bankraub. Die Kamera surrt, der Bankdirektor hält uns persönlich die Türen des Tresors auf ...»

«... und die Diamanten können wie reife Äpfel eingesammelt werden», ergänzte Rob Robber. «Was ist meine Rolle bei der Sache?»

«Wir sind keine Profis», gestand Joe Hamburger. «Wenn irgendwas schief läuft, müssen Sie die Regie übernehmen.»

«Etwa, wenn die Sache vorher auffliegt», warf Shorty ein. «Wenn wir Ärger mit der Polizei bekommen ...»

Nachdenklich zupfte Rob Robber an einer grauen Stirnlocke. «Gut», meinte sie schließlich, «ich bin dabei. Wenn wir fifty-fifty machen.»

«Augenblick mal!» Regisseur Hamburger schnappte nach Luft. «Das Ganze ist mein Projekt. Meine Idee, mein Onkel, mein Film. Für Sie bleiben allerhöchstens zwanzig ...»

Weiter kam er nicht: Mit einer blitzschnellen Bewegung griff Rob Robber nach seinem Handgelenk. Dem Regisseur brach der kalte Schweiß aus, als er die Stahlkralle an Rob Robbers linkem Ringfinger sah: Zehn Zentimeter lang und spitz wie ein Dolch. Millimeter für Millimeter trieb Rob Robber die Kralle in die Hand des Regisseurs. Für Außenstehende sah es aus wie ein freundlicher Händedruck – nur Joe Hamburgers verzerrtes Gesicht passte nicht dazu.

«Also», fragte Rob Robber, «wie viel Prozent, hast du gesagt?»

Ihre sanfte Stimme klang plötzlich, als wäre ihr Stimmband eine Stahlfeder.

«Fünfzig», wimmerte Regisseur Hamburger. «Ganz wie Sie es sagen, Madam.»

Wie ein Nickautomat nickte Shorty dazu.

«Nennt mich doch Tante Roberta», sagte Rob Robber herzlich, während sie die Kralle mit einem Ruck zurückzog. «Deine liebe Tante wird dich nach Europa begleiten, Joe.»

«Ich dachte, Sie mögen kein Blut», presste der Regisseur mit zusammengebissenen Zähnen heraus.

«Da hast du völlig Recht!» Rasch holte Rob Robber einen Wattebausch aus ihrem Handtäschchen und betupfte die Wunde an Joe Hamburgers Hand. «Siehst du», sie zeigte Joe Hamburger die Einstichstelle, «nur ein kleines, sauberes Löchlein.» Während sie die Hand noch fürsorglich mit Jod besprühte, fragte sie im Plauderton: «Stimmt es eigentlich, dass der Lumpior-Diamant nach einem Hund benannt wurde?»

«Königin Mathilde ist vernarrt in ihre Dackel.» Joe Hamburger keuchte, denn das Jod brannte wie Feuer. «Mein Onkel muss regelmäßig Dackelgeburtstage ausrichten. Mit Hotdogs und Katzenzungen!»

«Niemand wird den Stein mehr so nennen, wenn er erst mir gehört», erklärte Rob Robber bestimmt.

«Ihnen?», warf Shorty ein. «Uns, meinen Sie wohl!»

«Aber natürlich», lächelte Rob Robber ihn mütterlich an, «uns! Wann soll die kleine Unternehmung starten?»

«In zwei Wochen», erwiderte Regisseur Hamburger und betastete vorsichtig seine lädierte Hand. «Wenn ich das Geld für den Flug zusammen habe.» Er verzog das Gesicht. «Vier Werbespots für Hundefutter muss ich dafür drehen. Kennen Sie Schlingfraß XP?»

«Ich hasse Hunde», erklärte Rob Robber angewidert.

Shorty schüttelte sich. «Das ist ein ekelhaftes Zeug. Stinkt wie Rattendreck.»

«Rattendreck?», fragte Rob Robber. «Da haben die lieben Tierchen doch Glück – von mir bekämen sie Rattengift!» Beim Klang ihrer Stahlfederstimme lief beiden Männern ein Schauder über den Rücken.

Rob Robber knipste ihre Handtasche zu, dann erhob sie sich. «Also, mein lieber Joe», sagte sie herzlich, «wir sehen uns am Flughafen. Ach, könnte einer von euch mir bitte in den Mantel helfen? ... Vielen Dank.» Zärtlich fuhr sie Joe Hamburger mit dem stahlbewehrten Ringfinger über die Wange. «Du und dein Assistent», hauchte sie, «werdet immer hübsch artig tun, was ich sage. Denn sonst», sie tätschelte ihr altmodisches Täschchen, «lernt ihr noch ganz andere Dinge aus meinem Sortiment kennen! Aber keine Bange», setzte sie beruhigend hinzu, «alles ganz hygienisch. Keine Flecken – versprochen!»

Doch als Rob Robber gegangen war, hatte sie sehr wohl Flecken hinterlassen: große Schweißflecken unter den Achseln des Regisseurs und seines Assistenten.

«Joe», sagte Shorty heiser, «lass uns beten, dass dein Onkel sich nicht verhört hat. Deine neue Tante schneidet uns die Ohren ab und stopft sie anschließend mit blutstillender Watte aus.»

Shorty hätte beruhigt sein können. In der folgenden Nacht rollte eine dunkle Limousine geräuschlos vor dem kleinen Bankhaus Rattenkuhn vor. Herr Bankdirektor Rattenkuhn, der bereits am Eingang gewartet hatte, nahm beim Anblick des königlichen Dackelwappens auf der Motorhaube ehrfurchtsvoll den Hut ab. Vier schwarz gekleidete Sicherheitsbeamte sprangen aus dem Wagen, und einer von ihnen hielt den hinteren Wagenschlag für einen sehr würdigen Herrn mit Kneifer und Melone auf: Es war Bruno von Klötenknöter, der Haushofmeister seiner Majestät Mathilde der Zweiten. An sein Handgelenk gekettet trug er einen schwarzen Lederkoffer.

«Na, Albert, altes Haus», begrüßte er den Bankier. «Stehst du schon lange hier und wartest auf deinen unpünktlichen Cousin?»

«Ich bitte dich, Bruno», erwiderte Bankdirektor Rattenkuhn liebenswürdig. «Mit Freuden würde ich die ganze Nacht warten. Schließlich handelt es sich um die Diamanten der Kö …»

Schwer legte sich von hinten eine schwarze Hand auf seinen Mund. «Geheimhaltung», zischte einer der Sicherheitsbeamten. «Oberste Sicherheitsstufe!»

Bankier Rattenkuhn nickte beeindruckt. «Die Alarmanlage habe ich bereits ausgeschaltet», wisperte er. «Soll ich jetzt den Tresorraum öffnen?»

«Gib meinen Männern einfach die Schlüssel und die nötige Zahlenkombination», bat sein Cousin. «Um alles Weitere werden sie sich allein kümmern.»

Während Albert Rattenkuhn einem der Beamten die Zahlenfolge diktierte, löste sein Cousin die Handschelle von seinem Arm und reichte den Lederkoffer an die Sicherheitsbeamten weiter.

«Den Tresor finden Sie im Untergeschoss», flüsterte Albert Rattenkuhn. «Gleich neben den Kundentoiletten.»

Wie lautlose Schatten verschwanden die vier schwarzen Gestalten in der Bank.

«Dass wir uns recht verstehen, Albert», der Haushofmeister klopfte seinem Cousin auf die Schulter. «Ich selbst vertraue dir vollkommen, aber die oberste Sicherheitsstufe lässt keinerlei weitere Mitwisser zu.»

«Selbstverständlich», nickte Bankier Rattenkuhn.

«Dir ist hoffentlich klar», fuhr Herr von Klötenknöter fort, «dass du den Tresorraum unter keinen Umständen öffnen darfst, bis wir die … äh … *Gegenstände* wieder abgeholt haben.»

«Wenn du möchtest, lieber Bruno, können wir das mit einem kleinen Schnäpschen besiegeln.» Bankier Rattenkuhn zwinkerte verheißungsvoll. «Ich habe einen hervorragenden Pfefferminzlikör in meinem Safe deponiert.»

Bedauernd schüttelte Herr von Klötenknöter den Kopf. «Ich muss so schnell wie möglich zurück», erklärte er. «Seit wir die Handwerker in der Schatzkammer haben, steht das ganze Schloss Kopf. Gestern erst sind zwei goldene Dackelhalsbänder verschwunden. Hätten die Diebe wenigstens die dazugehörigen Dackel mitgenommen!» Er seufzte schwer, dann schüttelte er Bankier Rattenkuhn die Hand. «Manchmal bist du schon zu beneiden, lieber Albert: Dieses kleine Städtchen ist eine Oase des Friedens.»

Überraschungspaket

In der Oase des Friedens war ein normaler Montagmorgen angebrochen. Nun ja, einem scharfen Beobachter wären vielleicht ein paar ungewöhnliche Kleinigkeiten aufgefallen. Zum Beispiel, dass sich schon im Morgengrauen lange Warteschlangen gebildet hatten: vor Friseur- und Kosmetiksalon. Dass der praktische Leitfaden «Mein Weg zum Ruhm» bereits kurz nach Ladenöffnung der Buchhandlung ausverkauft war. Dass sich in der Ballettschule plötzlich vierzig hoffnungsvolle Neutalente gegenseitig auf die Füße tänzelten. Und dass ein riesiger Lieferwagen vor der kleinen Polizeiwache vorfuhr.

«Nanu», Assistent Flotthammer spähte aus dem Fenster, «die haben sich wohl in der Adresse geirrt …»

«Nein, Rudolf», Kommissar Pillermeier räusperte sich. «Ich habe bei Sven von Elch einige Kleinigkeiten geordert … Hängen Sie den Spiegel dort an die Wand», wies er die Möbelpacker an, die einen mannshohen Spiegel mit Goldrahmen hereinbalancierten. «Und der Hometrainer kommt neben meinen Schreibtisch.»

«Der Hometrainer ist nicht zufällig ein Geschenk von Studienrätin Trimm?», fragte Assistent Flotthammer scheinheilig.

Der Kommissar warf ihm einen vernichtenden Blick zu. «Assistent Flotthammer, wie pflegt sich der Sheriff im Wilden Westen fortzubewegen?»

«Ich bin nicht ganz sicher», antwortete Rudolf Flotthammer vorsichtig. «Aber soweit ich weiß, nicht auf dem Fahrrad.»

«Ein Sheriff reitet, Sie Greenhorn», erklärte der Kommissar

säuerlich. «Und ich werde mir mit Hilfe dieses Gerätes die perfekte Reithaltung antrainieren.» Entschlossen erklomm er den Sattel des Hometrainers. «In der Zwischenzeit», kommandierte er wie ein General von seinem Ross herunter, «können Sie ja die Akten sortieren.»

«Jawohl, Herr Kommissar.»

Die nächsten zwei Stunden waren ausgefüllt mit friedlicher Aktivität: Assistent Flotthammer sortierte Akten, Kommissar Pillermeier übte die perfekte Sheriffhaltung. Bis der Frieden um neun Uhr fünfzehn jäh endete.

Die Hiobsbotschaft kam mit der Morgenpost.

«Rudolf!» Mit der linken Hand umklammerte Kommissar Pillermeier den Lenker des Hometrainers, mit der rechten hielt er das Schreiben von sich, als könne es jeden Augenblick explodieren. «Wir bekommen Besuch!»

«Wen denn, Herr Kommissar», beunruhigt lugte Assistent Flotthammer hinter seinem Aktenstapel hervor. «Schon wieder eine Schulklasse?»

«Schlimmer, Rudolf!» In der Stimme des Kommissars schwang Panik. «Viel schlimmer!»

«Aber was könnte schlimmer sein als ...?» In diesem Moment erkannte Rudolf den Dienststempel auf dem Kuvert. «D... d... der Polizeioberrat», stammelte er, gleichzeitig duckte er sich hinter seinen Aktenstapel, als würde er schon jetzt in Deckung gehen. «Wa... wann will er denn kommen?»

Widerwillig beugte sich Kommissar Pillermeier über das Schreiben. Im nächsten Moment sprang er wie von der Tarantel gestochen in die Höhe, dass der Hometrainer mit einem blechernen Scheppern umkippte. «Um Himmels willen, Rudolf! Am 8. Mai – das ist morgen!»

«Morgen?» Vor Entsetzen konnte Assistent Flotthammer nur noch tonlos flüstern. «Und was machen wir jetzt, Herr Kommissar?»

Schwer ließ sich der Kommissar in seinen Lehnsessel sinken.

«In einer akuten Krisenlage wie dieser sind zwei Dinge vonnöten», erklärte er. «Das Erste ist Nervenstärke. Rudolf, Sie werden also Nerventee kochen.»

«Geht in Ordnung, Chef.»

«Das Zweite», fuhr Kommissar Pillermeier fort, «ist ein guter Plan. Den übernehme ich!»

Rudolf wurde blass. «Dann Nerventee extra stark», flüsterte er. Als er kurze Zeit später mit einer großen Kanne Nerventee – gemischt aus Baldrian, Hopfensprossen, Melissengeist und einem winzigen Stück geraspelten Drahtseils – ins Büro zurückkehrte, war der Plan seines Chefs perfekt.

«Wir werden», erklärte er strahlend, «dem alten Grantheimer einfach Theater vorspielen. Der Titel des Stücks lautet: ‹Ein lieber, alter Freund kommt zu Besuch›.»

«Das Stück kenne ich nicht», erklärte Assistent Flotthammer, während er dampfenden Nerventee einschenkte. «Wer hat das geschrieben?»

«Ich werde es schreiben!», betonte der Kommissar. «Und wir beide werden unsere Rollen perfekt spielen: Zwei tüchtige, pflichtbewusste Polizisten, deren einzige Freude im Leben der Besuch ihres Vorgesetzten ist.»

«Herr Kommissar», sagte Rudolf mutlos. «Ich glaube, das schaffe ich nicht.»

Der Kommissar ging nicht auf seine Bedenken ein. «Wir reichen ihm die Hand», sinnierte er weiter, «wir lächeln ihn an, bewirten ihn mit Tee und Kuchen – selbstverständlich, Rudolf, muss die Wache blitzblank gewienert sein –, dann holen wir noch Wachtmeister Häbiger als Statisten dazu, damit die alten Herren nett miteinander plauschen können ...»

Wachtmeister Häbiger, ihr Vorgänger auf der Wache, war tatsächlich ein freundlicher, älterer Herr – Polizeioberrat Grantheimer besaß das Gemüt eines gereizten Nashornbullen, und Rudolf Flotthammer ahnte dumpf, dass aus dem gemütlichen Plausch wohl nichts werden würde. Doch der Kommissar träumte munter weiter.

«Wir werden derart überzeugend sein, dass dem Alten ganz warm ums Herz wird», sagte er hoffnungsvoll. «Wenn ich dann als Höhepunkt noch eine Lobeshymne auf ihn vortrage – Sie werden sehen, Rudolf: Er wird uns ins Großstadtrevier zurückholen!»

«Wissen Sie was, Chef», meinte Assistent Flotthammer nachdenklich. «Ich habe schon ganz vergessen, wie das Polizeihochhaus aussieht. In welchem Stockwerk war unser Büro?»

«Assistent Flotthammer!» Die Augen des Kommissars blitzten. «Sagen Sie so etwas nie wieder! Denken Sie es nicht einmal! Wir beide dürfen nicht rasten noch ruhen, bis diese niederträchtige und völlig ungerechtfertigte Verbannung ein Ende hat. Darum, Rudolf», sagte er mit feierlichem Ernst, «sprechen Sie mir jetzt nach: Ich komme zurück in die Großstadt.»

«Ich komme zurück in die Großstadt, ich komme zurück in die Großstadt», murmelte Rudolf gehorsam.

«Dann an die Arbeit!» Der Kommissar warf einen Blick auf seine Armbanduhr. «Uhrenvergleich, Rudolf!»

«Also Ihre ist eine Rollix Kronobull Kugelsicher», erklärte Rudolf Flotthammer fachkundig. «Auf meiner steht bloß: Zeitlose Möbel von Sven von Elch. Ein Werbegeschenk von Herrn von Elch, erinnern Sie sich?»

«Rudolf, Sie Armleuchter», stöhnte Kommissar Pillermeier. «Ich meine doch die Uhrzeit!»

«Ach so», meinte Rudolf. «Exakt 9 Uhr 45.»

«Gut», der Kommissar wedelte mit seinem Papier. «Lassen Sie uns den Plan Schritt für Schritt abhaken. Als Erstes werden Sie Wachtmeister Häbiger für morgen einladen.»

Folgsam zog Rudolf das rote Telefon zu sich heran und palaverte etwa fünf Minuten lang in den Telefonhörer.

«Gute Besserung dann auch, Herr Wachtmeister», wünschte er, bevor er den Hörer auf die Gabel zurücklegte. «Wachtmeister Häbiger kann leider keine Rolle übernehmen», berichtete er trübsinnig. «Er hat die Grippe.»

«Kein Problem, Rudolf.» Kommissar Pillermeier goss sich die fünfte Tasse Nerventee ein. Er war eisern entschlossen, sich nicht aus der Ruhe bringen zu lassen. «Machen wir einfach weiter im Plan. Holen Sie Kehrschaufel und Möbelpolitur!»

Den ganzen restlichen Vormittag war Rudolf damit beschäftigt, die kleine Polizeiwache auf Vordermann zu bringen. Er räumte und entrümpelte, putzte und polierte, topfte den verstümmelten Kaktus um und verhalf sogar der Mörderspinne Elvira mittels einer roten Seidenschleife zu einem freundlichen Aussehen.

Während Rudolf schrubbte, arbeitete der Kommissar am Bühnenbild: Mit strategischem Geschick verteilte er Dienstkalender, Aktenstapel und Polizeihandbücher auf seinem Schreibtisch. Dazwischen streute er Stempelkissen, Büroklammern und Radiergummis.

«Donnerwetter», sagte Rudolf beeindruckt, als er aus dem Plumpsklo ins Büro trat. «Das haben Sie gut hingekriegt, Herr Kommissar. Auf Ihrem Schreibtisch sieht es jetzt richtig nach Arbeit aus.»

«Assistent Flotthammer», der Kommissar musterte seinen Assistenten mit hochgezogenen Augenbrauen, «bevor Sie mit Ihren respektlosen Anspielungen fortfahren, gehen Sie lieber in die Küche und bereiten den Imbiss für morgen vor. Und kochen Sie gleich noch ein wenig Nerventee!»

«Jawohl, Herr Kommissar.» Rudolf trollte sich in die kleine Teeküche, wo er mit einem Plätzchenausstecher Herzen aus einer Käsescheibe ausstach. Die Radieschen, die er darauf setzen wollte, kullerten zwar immer wieder davon – doch ein paar kleine Tropfen Kleber (selbstverständlich schadstoffarm) lösten das Problem auf elegante Weise.

Im Büro nebenan bereitete Kommissar Pillermeier seinen großen Soloauftritt vor: die Lobeshymne auf Polizeioberrat Grantheimer.

«*Kennt ihr Inspektor Grantheimer nicht? Er ist ein Mann mit Herz und Gewicht!*», lautete der vielversprechende Auftakt. Nach diesem schöpferischen Kraftakt musste der Kommissar erst einmal eine

Pause bei Keksen und der zwölften Tasse Nerventee einlegen. Dann schuftete er weiter.

«Was gefällt Ihnen besser, Rudolf?», rief er durch die offene Küchentür. «‹*Verfolgt das Verbrechen mit starkem Arm*›?, oder ‹*In der Finsternis ein Leuchter der Hoffnung*›?»

«Wie wäre eine Mischung: ‹*In der Finsternis ein Armleuchter des Verbrechens*›?»

«Rudolf», stöhnte der Kommissar, «hören Sie sofort auf zu dichten. Sie haben keine Ahnung von Reimen! Bringen Sie mir lieber noch ein Kännchen Nerventee!»

Zwei Stunden, drei zerkaute Bleistifte und fünf Kannen Nerventee brauchte es, dann durfte Rudolf das Ehrengedicht abtippen und mit einer farbigen Borte verzieren.

«Was meinen Sie?», fragte der Kommissar nachdenklich. «Ob ich wohl noch eine Liste meiner Verdienste anfertigen sollte?»

In einer blitzschnellen Folge zogen Bilder an Rudolfs innerem Auge vorbei: Das traurige Wrack, das einmal das Polizeiauto gewesen war. Der Trümmerhaufen der eingestürzten Polizeiwache. Das Feixen der städtischen Räuberbande, nachdem sie ihnen zum x-ten Mal durch die Lappen gegangen war …

«Ich denke, das ist nicht nötig», sagte Rudolf vorsichtig. «Der Polizeioberrat kennt Sie.»

Am Nachmittag erreichten die Vorbereitungen für das Stück «Ein lieber, alter Freund kommt zu Besuch» ihren Höhepunkt. Im Schweiße seines Angesichts buk Rudolf Flotthammer eine Schokoladentorte in Pistolenform. Eigentlich seine Spezialität, mit der er jedes Jahr den Kommissar an seinem Geburtstag überraschte – aber heute wollte sich der Teig einfach nicht formen lassen.

«Merkwürdig», murmelte Rudolf. «Ich glaube fast, ich hätte die zehnte Tasse Nerventee nicht mehr trinken sollen.»

Das polizeigrüne Nudelholz rutschte ihm aus der Hand und

fiel klappernd zu Boden. Als Rudolf sich nach ihm bücken wollte, fuhren die Tischbeine um ihn herum Karussell. So ließ er Nudelholz Nudelholz sein und klopfte den Teig mit beiden Fäusten auf das Backblech. Das Resultat erinnerte an einen getrockneten Kuhfladen, doch mit einem Seufzer der Erleichterung schob Rudolf sein Werk in den Ofen.

«Herr Kommissar», wankte er hinüber ins Polizeibüro, «ich fürchte, ich bin …» Im nächsten Augenblick riss er die Augen auf. «Herr Kommissar, was machen Sie denn da?»

Mit rotem Farbtopf und Pinsel bewaffnet stand Kommissar Pillermeier auf der Stehleiter. Hingebungsvoll pinselte er Schimpfworte an die Wand. «Polizeioberratte» stand da zu lesen, und «Armleuchter», und «Wer ist der größte Schleimer – Hugo der Grantheimer». Über allem leuchtete ein riesiges «Hugo go home!».

«Ist das nicht eine phantastische Kulisse, Rudolf?» Wie ein Gummiball hüpfte Kommissar Pillermeier von der Leiter. «Ach übrigens, unser Stück heißt jetzt anders: ‹Ein alter Widerling kommt zu Besuch›!»

Assistent Flotthammer musste sich am Türrahmen festhalten. «Um Himmels willen», sagte er mit bebender Stimme, «das ist ein Nerventeerausch! Zu viel Drahtseil – das ist mir auch schon mal passiert! Da hilft nur noch eins: Ins Bett legen und ausschlafen.»

Und genau das taten sie dann auch – allerdings erst, nachdem Assistent Flotthammer die Kulisse mit weißer Farbe überpinselt hatte.

Am nächsten Morgen war der Kopf des Kommissars mit knisternden Styroporkugeln gefüllt, während Assistent Flotthammers Haare sich über Nacht in Metallstacheln verwandelt hatten.

«Denken Sie an Ihre Rolle, Rudolf. Lächeln Sie!», sagte der Kommissar grimmig.

Mit halb geschlossenen Augen standen beide Polizisten vor dem Eingang zur Polizeiwache – kein Wunder, dass sie die kleine Schachtel auf dem Fußabstreifer übersahen. Erst als die Schachtel quiekte, wurden sie aufmerksam.

«Was ist denn das?» Kommissar Pillermeier beugte sich über das Paket. «Achtung», las er den Aufdruck, «lebende Tiere!» Sein Blick wurde misstrauisch. «Rudolf, kennen Sie diese Schachtel? Eine weitere Mörderspinne kommt mir nicht ins Haus!»

«Vielleicht, Herr Kommissar», Rudolfs Stimme klang ganz aufgeregt, «ist es ja der Hund, den wir bestellt haben.»

«Unmöglich», erklärte Kommissar Pillermeier überzeugt. «Wie sollte ein echter *Edler von Schimanski* in eine so kleine Schachtel passen?»

Unschlüssig stieß er das Paket mit dem Fuß an. Das hätte er besser nicht getan: Die Schachtel heulte los wie eine Sirene.

Im Nu hatte sich ein Pulk neugieriger Passanten vor der Polizeiwache versammelt.

«Weitergehen!», rief der Kommissar mit seiner ganzen beruflichen Autorität. «Hier gibt es nichts zu sehen!» Energisch fuchtelte er mit den Armen. «Gehen Sie weiter! ... Rudolf», knurrte er nervös, «was immer das sein mag, tragen sie es hinein. Und machen Sie schnell, jeden Augenblick kann der Polizeioberrat hier sein!»

Behutsam stellte Assistent Flotthammer die federleichte Schachtel auf seinem Schreibtisch ab. Dann hob er den Deckel in die Höhe und begann zu strahlen. Ein Hund!

Aber war das wirklich ein Hund? Das winzige Etwas, das Rudolf nun aus der Kiste hob, jaulte zwar wie ein Hund, roch auch wie ein – ziemlich schmutziger – Hund, ähnelte aber ansonsten nicht im Entferntesten irgendeiner bekannten Hunderasse. Seine struppigen Pinselhaare – die Bezeichnung «Fell» wäre eine glatte Anmaßung gewesen – waren weiß, dazwischen schimmerten rosa etliche kahle Stellen. Irgendwie schien das

Tier an kreisrundem Haarausfall zu leiden – nur nicht am Kopf, der auf der einen Seite weiß, auf der anderen schwarz war, als hätte ein boshafter Anstreicher ihn in zwei verschiedene Farbzuber getunkt. Vollendet wurde die aparte Erscheinung noch von zwei waagrecht abstehenden Ohren.

«Was ist denn *das*?» Entgeistert starrte Kommissar Pillermeier auf das Häuflein Elend in Rudolfs Hand. «Rudolf, da muss ein Irrtum vorliegen.»

«Warten Sie, Herr Kommissar», erneut griff Assistent Flotthammer in die Kiste. «Da ist noch ein Begleitschreiben.»

Das Kuvert, das er seinem Chef nun reichte, war verdächtig mit braunen und gelben Flecken geziert. Kommissar Pillermeier öffnete es mit spitzen Fingern.

Liebe Polizeihundfreunde!

Das Hundezucht-Team Edle von Schimanski bedankt sich aufs herzlichste für Ihre Bestellung. Zu unserem Bedauern ist der von Ihnen gewünschte Polizeihundtyp: ‹Groß, dunkel, gefährlich› im Augenblick vergriffen. Ersatzweise senden wir Ihnen den Polizeihundtyp: ‹Klein, hell, listig›. Die polizeiliche Grundausbildung hat ihr kleiner Edler von Schimanski bereits absolviert. Bleibt uns also nur noch, Ihnen zusammen mit Ihrem neuen Mitarbeiter viele erfolgreiche Ermittlungen zu wünschen.

Mit freundlichen Grüßen,

Ihr Hundezuchtteam ‹Edle von Schimanski›

Qualitätshunde seit über hundert Jahren.

PS.: Füttern Sie ihn mit dem bewährten Hundefutter Schlingfraß XP – dann wird er Ihnen schon bald bis zum Knöchel reichen!

Dem Schreiben war ein Hochglanzprospekt beigelegt, der ausnahmslos Edle von Schimanski Typ ‹groß, schwarz, gefährlich› im Einsatz zeigte.

«Das können die doch nicht ernst meinen», murmelte Kommissar Pillermeier. «Rudolf, packen Sie das … das …», umsonst suchte er nach einer passenden Bezeichnung, «das da zurück in die Kiste. Wir werden es postwendend zurückschicken – mit einem Beschwerdebrief, der sich gewaschen hat!»

Als hätte es jedes Wort verstanden, schmiegte das kleine Fellbündel sich leise fiepend in Rudolfs Hand.

«Das können Sie nicht machen, Chef.» Gerührt kraulte Assistent Flotthammer die rosa Segelohren. «Sehen Sie doch nur, wie zutraulich er schon ist.»

Der Kommissar blickte dem Hund in die Augen. «Genau wie beschrieben», knurrte er. «Klein, hell, listig! Aber mich wickelst du nicht ein!» Mit einem Ruck straffte er sich. «Zurück in die Kiste mit ihm, Rudolf!»

«Herr Kommissar», erklärte Rudolf mit fester Stimme, «das werde ich nicht tun.»

Wütend knallte Kommissar Pillermeier die Faust auf den Tisch – was die Styroporkugeln in seinem Kopf heftig zum Tanzen brachte.

«Das, Assistent Flotthammer», sagte er scharf, «ist ein klarer Fall von dienstlichem Ungehorsam. Geben Sie sofort das Tier heraus!»

Er wollte nach dem Hund greifen, machte aber einen hastigen Satz zurück, als dieser ihm eine Reihe nadelspitzer Zähne zeigte.

«Wenn Sie sich einbilden, dass diese Kanaille hier auf der Wache willkommen ist», tobte der Kommissar, «dann haben Sie sich gründlich getäuscht!»

«Sprechen die Herren etwa von mir?», tönte eine fürchterlich vertraute Stimme von der Tür her.

Die beiden Polizisten erstarrten. Immerhin besaß Rudolf Flotthammer noch genügend Geistesgegenwart, um den Hund blitzschnell unter seinen Schreibtisch zu stopfen.

«Herr Polizeioberrat Grantheimer», krächzte Kommissar Pillermeier und schlug die Hacken zusammen. «Ich hoffe, Sie hatten eine angenehme Reise.»

«Meine Reise war sogar ganz außergewöhnlich angenehm», erwiderte der Polizeioberrat. «Bis gerade eben.»

Mit einem gefährlich sanften Lächeln sah er sich um. «Genau so habe ich mir das vorgestellt», knurrte er. «Ein Blick genügt, schon sieht man zehn Verstöße gegen die Dienstordnung.»

Ein leises, aber vernehmliches Knurren drang unter Rudolfs Schreibtisch hervor. Im selben Augenblick begann Rudolf lange und ausdauernd zu husten.

«Mein Assistent leidet unter Aktenasthma», sagte Kommissar Pillermeier entschuldigend.

«Das tut mir aber Leid für Sie, Polizeiassistent Flotthammer», sagte der Polizeioberrat teilnahmsvoll. «Aber seien Sie versichert: Nach meinem Besuch wird es Ihnen noch viel schlechter gehen!»

Mit diesen Worten zog er das wohl vertraute schwarze Heft aus der Tasche, auf dem mit großen Buchstaben «Strafregister Pillermeier / Flotthammer» geschrieben stand.

«Vorsicht», zischte Kommissar Pillermeier Rudolf zu. «Jetzt nicht aus der Rolle fallen!» Mit größter Herzlichkeit lächelte er den Polizeioberrat an. Doch der hatte keine Ahnung davon, dass er gerade die Hauptrolle in dem Stück «Ein lieber, alter Freund kommt zu Besuch» spielte.

«Mängelliste», notierte er genüsslich in das Strafregister. «Punkt eins», er klopfte auf den Sattel des Hometrainers. «Sportgeräte am Arbeitsplatz.»

«Aber Herr Polizeioberrat», flunkerte Kommissar Pillermeier. «Das ist doch unsere neue Verhörapparatur. Entwickelt nach neuesten polizeipsychologischen Erkenntnissen: Je länger der Verdächtige strampelt, desto gesprächiger wird er ...»

«Punkt zwei», knurrte der Polizeioberrat. «Ziergegenstände am Arbeitsplatz. Oder wollen Sie mir jetzt erzählen, dass dieser monströse Spiegel Ihr Röntgengerät ist, mit dessen Hilfe Sie in die Köpfe der Verdächtigen hineinschauen?»

«Herr Polizeioberrat», rief der Kommissar überschwänglich, «Sie können Gedanken lesen!»

Polizeioberrat Grantheimer grunzte verächtlich. «Punkt drei», mit seinem spitzen Bleistift pikste er den unschuldigen Kaktus an, «stechende Topfpflanzen am Arbeitsplatz.» Dann fasste er mit grimmiger Wonne Elviras Glaskasten ins Auge. «Punkt vier: Tiere am Arbeitsplatz.»

Jetzt musste der Kommissar einhaken. «Herr Polizeioberrat», erklärte er mit wichtiger Miene, «ich fürchte, Sie sind nicht ganz am Puls der Zeit. Der kriminalistische Trend geht zum Polizeitier. Ich sage nur ‹Eberhard das Polizeikrokodil›. Vielleicht haben Sie ja die Sonderbeilage im *Polizeichefmag…*»

«Maul halten!», raunzte der Polizeioberrat. Dann wandte er sich an Rudolf Flotthammer. «Halten Sie noch weitere Tiere neben dieser widerlichen Spinne? Heraus mit der Sprache!»

«N … nur noch ein kl … klitzekleines, Herr Polizeioberrat!» Assistent Flotthammer schrumpfte zusammen, während hinter ihm das Knurren immer lauter wurde. «Und … und das auch erst seit heute.»

«Also, was ist es?»

Die Antwort folgte auf dem Fuß – und gab dem Stück «Ein lieber, alter Freund kommt zu Besuch» eine ungeahnte Wendung: Wie eine abgefeuerte Kanonenkugel schoss der kleine Edle von Schimanski unter dem Schreibtisch hervor und gab dabei ein durchdringendes Kriegsgeheul von sich.

«*Hierher! Sitz! Platz! Halt! Aus! Bei Fuß!*» In ihrem Eifer, den Hund einzufangen, brüllten der Kommissar und sein Assistent jedes Hundekommando, das sie kannten.

Und – oh Wunder! –, den letzten Befehl befolgte das Hündchen auf Anhieb. Wie Eberhard das Polizeikrokodil stürzte es sich auf die glänzend polierten Dienstsandalen des Polizeioberrats und verbiss sich in ein dickes, saftiges, duftendes Etwas: Den Grantheimer'schen großen Zeh.

Drei Minuten später hatte Elviras Glaskasten einen Sprung. Vom Knall, mit dem Polizeioberrat Grantheimer die Tür hinter sich zugefeuert hatte. Unberührt prangten Käseherzen und Schokoladentorte auf dem Servierwagen. Daneben lag festlich eingerollt die ungelesene Lobeshymne.

Wie versteinert saß Kommissar Pillermeier in seinem Lehnstuhl. Den Blick hielt er starr auf den Aktenschrank gerichtet, unter dem sich der Hund verkrochen hatte. «Das nenn ich ein erfolgreiches Stück, Rudolf!», flüsterte er heiser. «Drei Minuten Theater und 730 Tage Verbannung!»

Er verstummte. Dann sprang er plötzlich auf und begann, wie wild in seiner Schreibtischschublade zu wühlen.

«Was suchen Sie, Herr Kommissar?», fragte Rudolf beunruhigt.

«Was wohl?», zischte Kommissar Pillermeier. «Meinen Revolver! Erschießen werde ich den Mistköter.» Ein irres Glitzern stand in seinen Augen. «Zwei weitere Jahre Verbannung – wo habe ich denn nur meine Dienstpistole?»

«Bei Waffenhändler Ballerschmidt», sagte Rudolf Flotthammer erleichtert. «Zur Frühjahrsreinigung.»

«Dann werde ich die Töle eben erdolchen!» Vergeblich suchte der Kommissar in seinem Kriminalisten-Überlebenspack nach seinem Polizeitaschenmesser. «Oder ich erwürge ich ihn gleich mit bloßen Händen!»

«Herr Kommissar», sagte Rudolf plötzlich mit veränderter Stimme. «Das müssen Sie sich ansehen!»

Mit einem Augenaufschlag, der Stahlplatten zum Schmelzen gebracht hätte, kam der kleine Polizeihund auf sie zu. Dabei ging er aufrecht, wie ein Zirkushund auf den Hinterpfoten. Und als sei das noch nicht genug, trug er im Maul die Platte mit den Käseherzen vor sich her.

«Ist er nicht entzückend?», fragte Rudolf gerührt. «Ich denke, er will sich bei Ihnen entschuldigen.»

Kommissar Pillermeier blickte vom Hündchen auf die Käseherzen und spürte, wie sein Zorn verrauchte. «Nach dem Schrecken brauche ich ohnehin erst einmal eine Stärkung», beschloss er und nahm dem Hund die Platte aus dem Maul.

Während er genüsslich Herzen samt Kleber vertilgte, nuschelte er: «Im Brief stand, der Köter sei bereits ausgebildet. Was er wohl alles kann?»

«Das», sagte Rudolf diplomatisch, «finden wir nur heraus, wenn wir ihn behalten.»

«Hm.» Missmutig beäugte Kommissar Pillermeier den kleinen Edlen von Schimanski, der sich mittlerweile in Rudolfs Polizeimütze zusammengerollt hatte. «Wie soll er denn überhaupt heißen?», brummte er. «Hasso? Harro? Rex?»

«Soweit ich weiß, haben Hunde aus einer echten Zucht immer schon einen Namen.» Assistent Flotthammer hob den kleinen Hund aus seiner Mütze und las das Schildchen an seinem Halsband. «Na also, da steht es: *Winzgrim von Schimanski.*»

«Winzgrim!» Der Kommissar verdrehte die Augen.

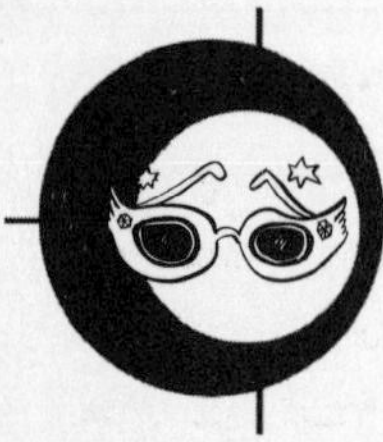

Hollywood kommt

«Fassen wir zusammen», sagte Kommissar Pillermeier zwei Wochen später. «Dieser Hund», auf seinem Stammplatz in Rudolfs Polizeimütze spitzte Polizeihund Winzgrim die Ohren, «beherrscht kein einziges der üblichen Hundekommandos. Dafür kann er auf den Hinterbeinen laufen, Salto schlagen, Walzer tanzen und sich tot stellen. Außerdem hält er den Weltrekord im Napfleeren – sofern nicht Schlingfraß XP drin ist.» In perfekter Sheriffhaltung, die jeden Westernstar neidvoll hätte erblassen lassen, ließ der Kommissar auf seinem Hometrainer die Beine baumeln. «Ich möchte zu gerne wissen, was diese angeblichen Hundespezialisten sich unter einem Polizeihund vorstellen. Qualitätshunde Edle von Schimanski – ich werde einen Leserbrief an das *Polizeichefmagazin* verfassen!»

«Polizeihunde werden eben anders erzogen als früher», sagte Rudolf entschuldigend. «*Fass, platz, pack an* – das ist vorbei. Heutzutage funktioniert das alles spielerisch.»

«Mit diesem Tier machen wir uns nur lächerlich», grollte der Kommissar. «Hätte ich bloß ein Polizeikrokodil bestellt!»

Es klopfte an der Tür.

«Da sehen Sie es», anklagend wies Kommissar Pillermeier auf Rudolfs Mütze, «anstatt als Wachhund seine Pflicht zu tun und anzuschlagen, schläft dieses Vieh seelenruhig weiter. Vermutlich erwartet es, dass wir es zum Einsatz tragen!»

Assistent Flotthammer ließ seinen Chef weiterschimpfen und öffnete. Draußen stand der Briefträger. «Freuen Sie sich», strahlte er. «Sie haben gewonnen!»

«Etwa Schlingfraß XP?», knurrte Kommissar Pillermeier auf seinem Hometrainer ungnädig. «Das können Sie gleich wieder mitnehmen.»

«Nein, lassen Sie es ruhig hier.» Assistent Flotthammer nahm das Päckchen entgegen. «Unsere Mörderspinne frisst es gern.»

Der Briefträger warf ihm einen leicht verunsicherten Blick zu. Dann fragte er: «Haben Sie schon gehört? Heute Abend treffen die Filmleute aus Hollywood ein. Die ganze Stadt steht bereits Kopf!»

«Das eine sage ich Ihnen, Rudolf», sagte der Kommissar überzeugt. «Diese lächerliche Massenhysterie machen wir nicht mit!»

Als der Helikopter mit dem Filmteam an Bord in Ermangelung eines Flughafens auf dem örtlichen Fußballplatz landete, standen Kommissar Pillermeier und Assistent Flotthammer in der allerersten Reihe.

«Wie gut, dass wir schon am Mittag hergekommen sind», erklärte der Kommissar und rückte seinen Hut zurecht. «So sind wir gleich im Blickfeld. Der erste Eindruck ist immer der entscheidende!»

Die ganze Stadt stand bereit – mit drei Ausnahmen: Ausnahme Nummer eins war der alte Wachtmeister Häbiger, der noch immer mit Grippe im Bett lag. Ausnahme Nummer zwei war Frau Eugenie Vogelsang, eine eigensinnige hundertjährige Dame, die selbst an diesem großen Abend nicht auf ihr geliebtes Fernsehquiz «Wer lügt, gewinnt» verzichten wollte. Ausnahme Nummer drei war ihr Pfleger, der die Fernbedienung halten musste.

Als die Filmleute aus dem Hubschrauber kletterten, brach ein ohrenbetäubender Tumult aus. Die Menschen jubelten, klatschten, trampelten und warfen ihre Babys in die Luft – harmonisch untermalt von den Klängen der städtischen Blaska-

pelle. Unter der Leitung von Musiklehrer Udo Zwitscherling schmetterten die Blechbläser ein Potpourri der schönsten Filmmelodien: ‹Winnetou›, ‹High Noon›, ‹Spiel mir das Lied vom Tod› wurden mit großer Begeisterung – und noch größeren Lautsprechern – dargeboten.

«Du liebe Zeit!» Rob Robber hielt sich die behandschuhten Hände an die Ohren. «Das ist ja mehr Krach als die große Schießerei beim Überfall auf die Great Northern Bank 1973. Warum müssen Leute immer gleich durchdrehen, wenn sie Kameras wittern?»

Regisseur Joe Hamburger schnappte sich ein Megaphon. «Ladies and Gentlemen», rief er über den Fußballplatz. «Wie nett! Wie reizend! Wie entzückend! Danke, danke euch allen! Morgen, meine Freunde, erwarte ich euch im Stadttheater!»

Nach diesen Worten reichte er das Megaphon an Shorty weiter. «Alle, die in unserem Western mitspielen wollen, bereiten bitte eine kleine Szene vor», verkündete der Regieassistent. «Zeigen Sie uns Ihre Talente!»

«Die beiden sprechen ja gar nicht englisch», wunderte sich Rudolf, der Winzgrim auf dem Arm trug und begeistert eine amerikanische Miniaturflagge schwenkte.

«Natürlich nicht», erklärte Kommissar Pillermeier. «Im Fernsehkrimi reden die amerikanischen Schauspieler doch auch nie englisch, oder?»

«Stimmt.» Assistent Flotthammer blickte einigermaßen verwirrt drein. «Warum eigentlich nicht?»

«Wer wohl die nette ältere Lady hinter dem Regisseur ist», überlegte der Kommissar. «Seine Tante? Oder vielleicht seine Muse?»

«Seine Muse?», fragte Assistent Flotthammer interessiert. «Ersten oder zweiten Grades?»

Ein letztes Mal winkte das Filmteam aus Hollywood in die Menge, dann stiegen alle zusammen in einen Kleinbus, der sie zum einzigen Hotel des Städtchens bringen würde: Kameraleute und Beleuchter, Toningenieurin und Requisiteurin, Maskenbildnerin und Kulissenbauer. Allesamt waren sie echte Profis – Filmprofis. Von den finsteren Machenschaften ihres Regisseurs, der jetzt hinter Rob Robber als Letzter den Bus bestieg, hatten sie nicht die geringste Ahnung. Keiner von ihnen bezweifelte, dass die nette, grauhaarige Lady Joe Hamburgers Tante Roberta war, die einmal im Leben Europa sehen wollte.

«Diese Hinterwäldler sind ja drollig», durch die Scheibe warf Rob Robber der jubelnden Menge eine Kusshand zu. «Mal was anderes als rüpelhafte Cops und uncharmante Detectives.» Sie seufzte leicht. «In meinem Metier bekommt man leider nie den verdienten Beifall.»

«Bei allem Respekt, Tante Roberta», Regisseur Hamburger

brachte die Anrede kaum über die Lippen. «Auf deinem Gebiet magst du ja professionelle Arbeit leisten, wir aber sind *Künstler*! Deshalb himmeln die Leute uns an!»

«Aber natürlich bist du ein Künstler, mein lieber Joe», sagte Tante Roberta liebevoll. «Vor unserem Abflug habe ich mir extra ‹Rita und die Riesenqualle› angesehen.» Ihre Augen funkelten spöttisch. «Ganz zweifellos ein Meilenstein der Filmgeschichte!»

Als der Kleinbus außer Sicht war, zerstreute sich die Menge auf dem Fußballplatz. Auch Kommissar Pillermeier und Rudolf Flotthammer machten sich auf den Heimweg. Allerdings dauerte der heute etwas länger als sonst: Die Ankunft des amerikanischen Filmteams hatte das Filmfieber neu aufflackern lassen. Und diesmal wütete der Virus richtig!

«Hilfe! Hilfe!», gleich an der ersten Straßenecke hörten Kommissar Pillermeier und Assistent Flotthammer eine schrille Frauenstimme kreischen. «Er will mich massakrieren!»

Die Glastür der Metzgerei Reichleber flog auf, Hals über Kopf stürzte eine Kundin heraus, eine lange Kette von Bratwürsten hinter sich herschleifend. An ihrer Einkaufstasche konnten Kommissar und Assistent gerade noch ein eingeritztes ‹Z› erkennen – dann war die Frau um die nächste Ecke verschwunden. Einen Augenblick später erschien Metzgermeister Reichleber selbst unter der Tür und blickte der Kundin verdutzt hinterher.

«Ich hab doch nur geprobt», nuschelte er und verbarg ein langes Schlachtermesser hinter seinem Rücken. «Der amerikanische Regisseur hat gesagt, wir sollen etwas einüben. Und wenn ich ‹Zorro› spielen will, muss ich doch mit dem Degen umgehen können!»

«Verehrter Herr Reichleber», sprach der Kommissar streng. «Erproben Sie Ihre Fechtkünste an Ihren Koteletts, nicht an

Ihren Kundinnen.» Im Weitergehen rümpfte er die Nase. «Der und zum Film! ‹Zorro Reichleber im Kampf gegen die mörderische Schweinehälfte.› Da sehen Sie mal wieder, Rudolf, wie sehr manche Menschen zur Selbstüberschätzung neigen.»

Doch der Metzgermeister war nicht der Einzige im Städtchen, der sich mit vollem Einsatz auf seine Rolle vorbereitete.

Harmlosen Passanten flogen die Kugeln nur so um die Ohren – denn Waffenhändler Ballerschmidt hatte sich seine eigenen Pistolen in die Hosentaschen gestopft und war für den Rest des Tages der berüchtigte Revolverheld Billy «Blaue Bohne» Knarretti. Nur ein Schutzengel und seine Kurzsichtigkeit verhinderten, dass jemand zu Schaden kam.

Selbst die reichsten Geschäftsleute der Stadt waren vor dem Filmfieber nicht gefeit. Durch das beleuchtete Schaufenster hindurch sah Kommissar Pillermeier Möbelhausbesitzer Sven von Elch in seiner Möbelausstellung herumturnen – als Tarzan im Lendenschurz. Bankier Rattenkuhn rezitierte im Garten seiner Villa Gedichte, Juwelier Klunker absolvierte bei Musiklehrer Udo Zwitscherling den Schnellkursus «Schlagersänger in drei Stunden» – an allen Ecken hörte man es singen und klingen.

Nur aus einem schmucken Fachwerkhaus am Marktplatz drang kein Ton. Überhaupt hätte man das Haus für unbewohnt halten können – wäre nicht das glänzend polierte Messingschild am Eingang gewesen: «Toni Morona. Staatlich geprüfter Amputeur. Alle Kassen und Gliedmaßen.» Wie alle Leute schritten auch Kommissar Pillermeier und Rudolf Flotthammer hastig an dem unheimlichen Haus vorbei. Schade, dass sie nicht ahnten, was für Galgenvögel sich hinter der Tarnung des Messingschildes ihr Nest gebaut hatten. Doch auch Galgenvögel sind vor Viren nicht gefeit – und so hatten auch sie sich angesteckt: am Filmfieber.

«Pfui Teufel, stinkt das Zeug!», stöhnte Ludwig Munkel. «Sag mal, Toni, warum setzen wir nicht einfach Perücken auf?»

In Tonis grün gekacheltem Bad drängelten sich die drei Räuber vor dem Spiegel.

«Perücken können verrutschen, Ludwig!», belehrte ihn Toni, während er sich Blondiercreme ins Haar massierte. «Außerdem sind blonde Schauspieler besonders gefragt. Denk an die Damenwelt!»

«Ich für meinen Teil denk lieber an Stahltüren», grinste Edi Karpfenstein, der mit seinen Haaren fertig war und nun großzügig Gesichtsbräuner über Stirn und Wangen verteilte. «Und an knackende Tresorschlösser und klingelnde Goldmünzen!»

«Gut siehst du aus, Edi», sagte Toni anerkennend. «Wie Pit Bretter persönlich. Wirst sehen, die Filmfritzen geben dir morgen glatt eine Hauptrolle.»

«Und was ist mit mir?» Eitel zwirbelte Ludwig den gefärbten Schnurrbart.

«Du bist sowieso außer Konkurrenz», beruhigte ihn Toni. «Ludwig Munkel – der schönste Räuber im ganzen Land.» Wohlgefällig betrachtete er sich und seine beiden Kumpane im Spiegel. «Wir drei geben keine schlechten Filmschönlinge ab, oder?»

«Wie kommst du eigentlich darauf, dass die in der Bank drehen werden?», fragte Edi.

Toni verdrehte die Augen. «Du bist und bleibst ein Spatzenhirn, Edi. Was ist wohl die beste Kulisse für einen Western mit Bankraub? Natürlich eine Bank!»

Ludwig griff nach der Lockenschere. «Stellt sich nur die Frage, ob in dem Tresor was Lohnendes drin ist.»

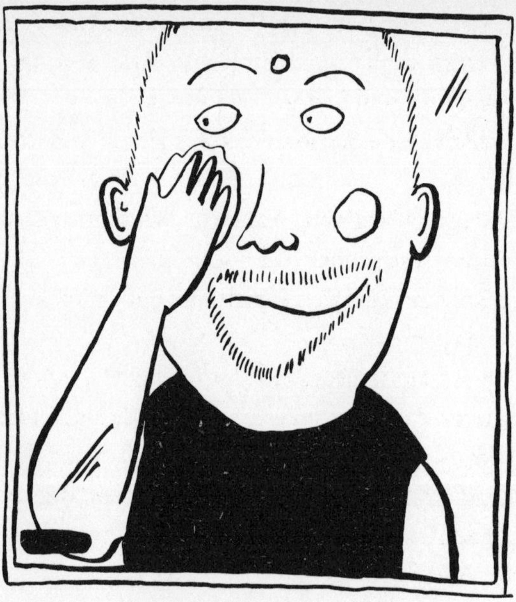

«Irgendetwas wird unser hoch verehrter Herr Bankdirektor schon in seinem Schatzkästchen aufbewahren», sagte Toni überzeugt. «Und wenn es bloß die Spargroschen unser lieben Mitbürger sind.»

«Da sind wir nicht wählerisch», grunzte Edi. «Kleinvieh macht auch Mist.»

«Habt ihr beide eure Rollen geübt?», wollte Toni wissen.

Theatralisch packte Ludwig Toni am Arm. *«Komm mit uns in die Wälder»*, deklamierte er. *«Wir wollen eine Räuberbande sammeln, und du ...»*

«... du sollst unser Hauptmann sein», ergänzte Edi.

«So wahr meine Seele lebt», beteuerte Toni, während er den Gesichtsbräuner zuschraubte, *«ich bin euer Hauptmann!»*

«Es lebe der Hauptmann!», riefen Edi und Ludwig aus einem Munde.

«Wunderbar», nickte Toni zufrieden. «Kamera ab!»

«Kamera ab, Rudolf!», rief auch Kommissar Pillermeier, kaum dass er die Polizeiwache betreten hatte. «Unser erster Schauspieleinsatz war zwar ein klein wenig verunglückt – aber heute Abend mache ich einen Schauspieler aus Ihnen! Die Probe beginnt jetzt!»

«Jawohl, Herr Kommissar!» Assistent Flotthammer war einsatzbereit. «Nur – was proben wir eigentlich?»

«Äh», der Kommissar kratzte sich am Hinterkopf. «Irgendwelche Vorschläge?»

«Wie wäre es mit einer Autoverfolgungsjagd?», schlug Rudolf Flotthammer vor. Autorennen war seine große Leidenschaft.

Unzufrieden schüttelte Kommissar Pillermeier den Kopf. «Action, Raserei, Knalleffekte – so etwas haben die in Hollywood doch jeden Tag. Was wir brauchen, ist etwas mit Kultur, mit Literatur, etwas mit Tiefgang … Tiefgang? Das ist es!» Vor Begeisterung sprang Kommissar Pillermeier aus seinem Bürostuhl. «Rudolf, wir beide spielen ‹Moby Dick›!»

«Moby wer?», fragte Rudolf verständnislos.

«Assistent Flotthammer, Ihre literarische Bildung ist ein Trauerspiel», sagte der Kommissar von oben herab. «Moby Dick ist der gefährliche weiße Wal, der von Kapitän Ahab über alle Weltmeere gejagt wird.»

«Aha», sagte Rudolf. «Hoffentlich haben sie im Kostümverleih ein Walkostüm in Ihrer Größe.»

«Wieso in meiner?», schnappte der Kommissar.

«Weil Sie schon von Ihrem Vornamen her den Wal spielen müssen», erklärte Rudolf überzeugt. «Und auch Ihre … ähm … Muskulatur passt besser als meine.»

Damit hatte er gleich zwei wunde Punkte seines Chefs getroffen: Kommissar Pillermeier liebte es weder, auf seinen Vornamen «Pott» noch auf seinen Leibesumfang angesprochen zu werden.

«Assistent Flotthammer», giftete er, «entscheidend ist allein die künstlerische Begabung. Sie können froh sein, wenn die Ihrige für den Wal reicht!»

Die halbe Nacht hindurch probten sie. Kapitän Ahab Pillermeier setzte unsichtbare Segel und schleuderte unsichtbare Harpunen auf Moby Dick Rudolf, der kreuz und quer durch die Polizeiwache um sein Leben schwamm. Ein jähes Ende fand das Spektakel erst, als Schiffshund Winzgrim tatkräftig und bissfest Moby Rudolf zu Hilfe kam. Mit einem schneeweißen Verband um den linken großen Zeh wankte Kapitän Pillermeier von Bord.

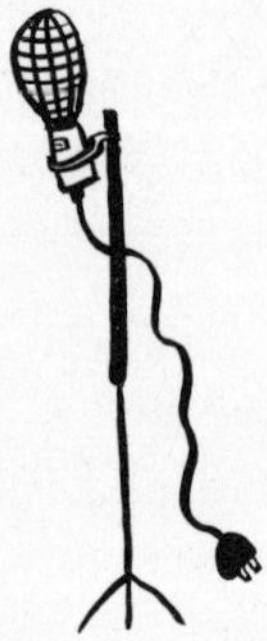

Talentprobe

Am nächsten Morgen war das kleine Städtchen eine Geisterstadt: Alle Läden waren geschlossen, die Straßen wie leer gefegt. Dafür gab es eine einfache Erklärung, stand doch die eine Hälfte der Bewohner hinter der Bühne des Stadttheaters und wartete auf ihren Auftritt, während die andere Hälfte davor saß und sich auf die Blamage der lieben Mitbürger freute.

Wie eine Sprechstundenhilfe rief Shorty die Kandidaten nacheinander auf die Bühne.

«Der Nächste bitte!»

In der ersten Parkettreihe saß die Jury: das amerikanische Filmteam zusammen mit Joe Hamburger und Shorty. Gleich neben Regisseur Hamburger hatte Tante Roberta Platz genommen und ließ sich alles Interessante übersetzen.

Im Augenblick sprach das Geschehen auf der Bühne allerdings für sich. Juwelier Klunker alias Karlo Klunkero absolvierte den ersten Schlagerauftritt seines Lebens:

«Deine Augen, blau wie Saphire», schmachtete er und biss versehentlich in das Mikrophon. *«Deine Lippen, rot wie ein Rubin …»*

Er war großartig – das spürte er. Das Geld für das glitzernde Paillettenhemd und den Schlagerkursus bei Musiklehrer Zwitscherling hatte sich gelohnt.

Doch was sagte dieser ungehobelte Amerikaner? «Sorry, Mister Klunker, für Sie habe ich keine Rolle. Wir drehen einen Western, keine komische Oper!»

Das reichte. Juwelier Klunker riss sich das Paillettenhemd vom Leib und verließ hocherhobenen Hauptes die Bühne.

«Der Nächste bitte», rief Shorty.

Es folgte die exquisite Darbietung eines Männerballetts zu den Klängen des Flohwalzers – einstudiert von Herrn Klimper und seinen vier Söhnen vom Musikgeschäft Klimper und Söhne.

«Was soll denn das Gehopse?», stöhnte Joe Hamburger. «Wir drehen einen Western, keinen Tanzfilm!»

Tief gekränkt zogen Vater und Söhne Klimper ab.

«Der Nächste bitte!»

Ein kleiner Mann mit einer mächtigen Federkrone auf dem Kopf torkelte auf die Bühne.

«Wer ist das?», fragte Joe Hamburger.

Shorty warf einen Blick auf seine Liste. «Alois Sternblau. Betreibt die hiesige Schnapsbude.»

Der kleine Mann verzog sein Gesicht zu einem zahnlosen Grinsen. «Häuptling – hicks – Bluestar, wenn Sie gesta-ta-tatten!» Er wühlte in seinem Fransenbeutel und brachte eine Flasche Whisky zum Vorschein. «Kl... kl... kleiner Umtrunk gefällig?», lallte er, während er den Whisky großzügig über die Parkettreihen verspritzte. «Blind-Indian – hicks – Firewater.» Galant, wenn auch gefährlich schwankend, verbeugte er sich vor Tante Roberta. «Prob-prob-bieren Sie, meine Dame. Garantiert bestes – hicks – Feuerwasser!» Er setzte die Flasche an.

«Ich hasse Alkohol», erklärte Tante Roberta angewidert, bevor sie allen Umsitzenden Taschentücher und Fleckmittel anbot.

«Bedaure, Mister Sternblau», Regisseur Hamburger wischte sich die Whiskyspritzer von der Stirn, «in unserem Western spielen keine Indianer mit.»

«Das – hicks – werden Sie bereuen!», orakelte Häuptling Bluestar düster. «Spä... spätestens, wenn der – hicks – große Präriehund kommt. Nimm deine Pfoten weg!», fauchte er Shorty an, der ihn von der Bühne führen wollte. «Und – hicks – sagt nicht, ich hätte euch nicht gewarnt!»

Shorty atmete tief durch. «Der Nächste bitte.»

Sogleich folgte der nächste Höhepunkt: Andächtig deklamierte Bankier Rattenkuhn die Gedichte, die er am Abend zuvor auswendig gelernt hatte. Dass seine Gattin ihm dabei zischelnd einsagte, erhöhte nur den Reiz der Darbietung.

«Stopp! Sofort aufhö...», wollte Regisseur Hamburger gerade rufen, da legte Tante Roberta ihm sacht die Hand auf den Arm. «Mister Rattenkuhn braucht kein Talent», raunte sie. «Er hat etwas viel Besseres: den Tresorschlüssel.»

«Mister Rattenkuhn», rief Regisseur Hamburger mit angestrengtem Lächeln. «Eine wirklich ... anrührende Vorstellung. Sie sind engagiert. Und ... Sie dürfen jetzt aufhören.»

«Mechthild», Bankdirektor Rattenkuhns Stimme zitterte, «ich bin beim Film.»

«Ach, Albert», stammelte seine Gattin nicht minder ergriffen, «ich habe es immer gewusst: In dir schlummern verborgene Talente.»

«Der Nächste bitte!», rief Shorty nach hinten. Mit dem Zeigefinger ging er seine Liste durch. «Die Nächsten sind Krim...», vor Schreck schnappte er nach Luft, «... sind *Kriminalkommissar Pillermeier* und *Polizeiassistent Flotthammer*!»

Schnell übersetzte Joe Hamburger für Tante Roberta.

«Die Polizei persönlich», sagte sie entzückt. «Etwas Besseres kann uns gar nicht passieren.» Sie warf Joe Hamburger einen scharfen Blick zu. «Behalt jetzt bloß die Nerven!»

Der Regisseur nickte mit unbewegter Miene – nur um sich im nächsten Augenblick zwei Zigaretten auf einmal anzuzünden.

Gewichtigen Schrittes kam Kommissar Pillermeier auf die Bühne marschiert, dicht gefolgt von Rudolf Flotthammer, der nervös ins Publikum spähte.

«Wir benötigen folgende Requisiten», forderte Kommissar Pillermeier. «Ein Steuerrad, eine Harpune, ein Holzbein – ach ja, und ein wassergefülltes Becken.»

«Der Mann ist verrückt», knurrte Joe Hamburger leise. «Wo sollen wir den Krempel hernehmen?»

«Egal woher», murmelte Tante Roberta. «Beschaff den Kram. Hör auf den Rat deiner lieben Tante!»

Seufzend gab der Regisseur Shorty einen Wink. «Du hast gehört, was die Herren brauchen.»

Nach ungefähr zehn Minuten kehrte Shorty zurück, beladen mit einem Fahrradlenker, einer Wasserspritzpistole, einem abgebrochenen Stuhlbein und einem Planschbecken.

«Das ist alles, was ich auftreiben konnte», keuchte er.

«Ich denke, wir kommen damit zurecht», meinte der Kommissar großzügig. «Kriminalassistent Flotthammer, pumpen Sie das Planschbecken auf. Filmassistent Shorty, Sie sorgen für den Wasseranschluss!»

Nach weiteren zehn Minuten war alles bereit – das Spiel konnte beginnen. Kommissar Pillermeier hatte sich das Stuhlbein an sein rechtes Bein geschnallt und schwenkte den Fahrradlenker in alle Richtungen.

«Wer Moby Dick als Erstes sieht», verkündete er seiner unsichtbaren Crew, *«soll dieses Goldstück haben! … Da»*, brüllte er übergangslos, *«da – eine Fontäne vom größten Wal aller Zeiten!»*

Gebannt starrten die Filmleute auf den größten Wal aller Zeiten: In seiner blau geringelten Badehose blies Rudolf Flotthammer eine beindruckende Fontäne in die Luft. Anschließend sprang er hoch und ließ sich mit einem Bauchplatscher ins Planschbecken zurückfallen.

«Da», rief Kommissar Pillermeier abermals. *«Da springt er! Tod für Moby Dick!»*

«Kapitän Ahab», gurgelte Moby Rudolf aus der Tiefe seines Planschbeckens, *«lass ab von deinem Vorhaben!»*

«Moby Dick! Er ist es – ich erkenne seine Stimme!», brüllte der Kommissar. Dabei tanzte er mit seinem Stuhlholzbein wie ein Derwisch auf der Bühne herum.

Bühnenbretter bedeuten nun zwar die Welt, sind aber aus Holz gemacht. Somit bergen sie eine Fülle von Unwägbarkeiten wie Spreißel, Harz, Holzwürmer – und Astlöcher. Es gab ein kurzes, hässliches Knirschen, und Kommissar Pillermeier saß fest. Wie der Pfropfen ins Spundloch hatte sich sein Holzbein in ein Astloch gebohrt.

Von seinem Platz im Planschbecken aus beobachtete Assistent Flotthammer fasziniert, wie der Kommissar um sein eigenes Holzbein herumhüpfte. Wie Rumpelstilzchen ums Feuer.

«Assistent Flotthammer», fragte der Kommissar schließlich mit zusammengebissenen Zähnen, «hätten Sie vielleicht die Güte, mir zu helfen?»

«Tut mir Leid, Chef», triefend nass entstieg Rudolf dem Planschbecken. «Ich dachte, das gehört zum Stück.»

Mit einem kräftigen «Hauruck!» zogen die beiden Polizisten gleichzeitig am Holzbein. Doch abgesehen davon, dass Rudolf immer wieder in seiner eigenen Pfütze ausrutschte, rührte sich gar nichts.

Einigermaßen fassungslos verfolgten die Leute vom Filmteam das Treiben auf der Bühne.

«Sag mal, Shorty», flüsterte Joe Hamburger, «bist du sicher, dass die beiden von der Polizei sind?»

«Hundertprozentig», entgegnete Shorty. «Kapitän Ahabs Kapitänshut ist 'ne umgedrehte Polizeikappe, und Moby Dick hat ein Polizeiemblem auf der Badehose.»

«Also», sagte Tante Roberta amüsiert, «ich habe ja einen großen Bekanntenkreis bei der Polizei – aber so etwas ist mir noch nicht untergekommen. Wenn wir es richtig einfädeln, räumen die zwei den Tresor eigenhändig für uns aus. Gib ihnen eine Rolle, Joe!»

«Meine Herren», rief Regisseur Hamburger zur Bühne hinauf, «Ihre Vorstellung hat uns restlos … überwältigt. Sie sind wie geschaffen für die zwei Hauptrollen: Sheriff Higgledy und Hilfssheriff Piggledy!»

Schlagartig vergaß Kommissar Pillermeier seine prekäre Situation. In seiner Begeisterung setzte er zu einem Luftsprung an – und landete höchst unsanft auf den harten Bühnenbrettern.

«Rudolf, wir werden berühmt!», strahlte er, dabei rieb er sich die schmerzende Nase. «*TFDP – Topschauspieler für die Premiere!* Der alte Grantheimer wird grün vor Neid!»

Assistent Flotthammer kam ein Gedanke. «Herr Regisseur», wandte er sich zum Parkett, «wir hätten da noch etwas anzubieten: einen außerordentlich talentierten Polizeihund. Er kann Saltos schlagen, Walzer tanzen und sich tot stellen.»

«Aber selbstverständlich», nickte Regisseur Hamburger grimmig. «Saltoschlagende Hunde, jonglierende Katzen, seiltanzende Schildkröten – Tiere im Film sind immer etwas Wunderbares.»

«Chef», flüsterte Rudolf Kommissar Pillermeier zu, «meinen Sie, auch Elvira hätte das Zeug zum Filmstar? Vielleicht könnte ich ihr ja beibringen, wie ein Jojo an ihrem Faden zu hüpfen …» Eifrig schnalzte er mit dem Finger. «Herr Regisseur, wenn Sie Interesse haben, dann …»

«Bringen Sie doch einfach alle Ihre Lieblinge mit», unterbrach Joe Hamburger ihn liebenswürdig. «Doch jetzt steht erst einmal die menschliche Besetzung auf dem Programm.»

«Der Nächste bitte!», rief Shorty.

Die Bühnentür klappte.

Rudolf wurde blass.

«Herr Kommissar», raunte er, «wir sollten dringend von hier verschwinden …»

Doch das war leichter gesagt als getan: Nach wie vor steckte Kommissar Pillermeier in seinem Astloch fest.

Ein einziger Blick genügte, um ihn mit doppelter, ja dreifacher Anstrengung an seinem Holzbein zerren zu lassen. Umsonst: Mit kampflustig zusammengezogenen Augenbrauen baute sich Studienrätin Isolde Trimm vor ihm auf.

«Haben Sie nicht gehört?» Entrüstet schüttelte sie die platinblonden Haare. «Ich bin jetzt dran! Verlassen Sie sofort die Bühne!»

«Nichts lieber als das», Kommissar Pillermeier keuchte vor Anstrengung. «Nur leider lässt die Bühne es nicht zu.» Zum Beweis klopfte er auf sein Holzbein. «Sie hängt an mir – wenn Sie verstehen!»

Studienrätin Trimm fehlte jeglicher Sinn für Humor. «Warum», fragte sie schneidend, «schnallen Sie das Holzbein nicht einfach ab?»

«Nun, ganz einfach, weil … weil …»

«… weil Kapitän Ahab sich niemals von seinem Holzbein trennen würde. Das weiß doch jeder, der ‹Moby Dick› kennt», sprang Rudolf in die Bresche. «Aber im Sportunterricht liest man wohl selten Klassiker, oder?»

«Gut gemacht, Rudolf!», raunte der Kommissar.

Assistent Flotthammer fühlte sich großartig – bis Isolde Trimm ihn ins Visier nahm.

«Wenn ich Ihnen einen Rat geben darf, Herr Polizeiassistent», sagte sie zuckersüß. «Spielen Sie lieber Aal statt Wal. Das passt besser zu Ihnen: Langer Körper, wenig Haare – noch weniger Hirn!»

In der Zwischenzeit hatte Kommissar Pillermeier schnell und unauffällig das Stuhlbein von seinem Knie abgeschnallt.

«Kommen Sie, Rudolf», sagte er von oben herab so laut, dass Isolde Trimm ihn gut hören konnte. «Wir beide haben ja bereits unsere Hauptrollen.»

Vor der Tür zog er Rudolf schnell in eine dunkle Ecke.

«Augenblick noch», zischelte er. «Erst will ich sehen, wie sie sich blamiert.»

Doch da hatte Kommissar Pillermeier sich zu früh gefreut. Studienrätin Trimm, die nicht nur Sportlehrerin, sondern gleichzeitig Leiterin des Schultheaters war, spielte ihre Rolle als Eiserne Jungfrau von Orleans derart überzeugend, dass selbst die Filmprofis am Ende begeistert applaudierten.

«Großartig», nickte Regisseur Hamburger. «Sie sind die Rose des Wilden Westens. Das ist unsere weibliche Hauptrolle.»

Isolde Trimm warf Kommissar Pillermeier einen triumphierenden Blick zu.

«Der Nächste bitte!», rief Shorty.

«Kennen Sie die, Rudolf?», fragte Kommissar Pillermeier beim Anblick der drei auffallend blonden und braun gebrannten Männer auf der Bühne.

Assistent Flotthammer schüttelte den Kopf. «Die habe ich hier im Städtchen noch nie gesehen.»

«Wir zeigen eine Szene aus Schillers ‹Die Räuber›», erklärte einer der Blondschöpfe. «Wir spielen – die Räuber.»

«Schurkenrollen sind unsere Spezialität», ergänzte der zweite Blondschopf stolz.

Shorty blätterte in seiner Besetzungsliste. «Die drei Banditenrollen sind bereits besetzt», sagte er. «Mit dem Fernsehhändler, dem Möbelhändler und dem Waffenhändler.»

«Sie haben es gehört, meine Herren», wandte sich Regisseur Hamburger an die drei Bewerber. «Unser Bedarf an Schurken ist gedeckt. Wie wäre es stattdessen mit den Rollen des Pastors, des Totengräbers und des Friedensrichters?»

«Pfui Teufel!», entfuhr es dem dritten Blondschopf. «Totengräber ginge ja vielleicht noch, aber der Rest ...»

«Reiß dich zusammen, Edi!», zischte sein Kollege. «Tut mir Leid», sagte er dann höflich zu Joe Hamburger. «Nicht das Passende für uns. Wir haben ein Image zu verlieren.»

Als die drei Blondschöpfe an Rudolf Flotthammer vorüberkamen, hörte er einen murren: «Schöner Schlag ins Wasser! Und dafür darf ich nun als männliche Blondine herumlaufen.»

«Wart ab, Ludwig», knurrte der Zweite. «Noch ist nicht aller Tage Abend.»

«Was hast du vor, Toni?», fragte der Dritte.

Mehr hörte Rudolf nicht: Die Theatertür war zugeklappt.

Am Abend dieses langen, harten Tages hatte Regisseur Hamburger seine Besetzungsliste komplett.

«Ich kann nicht mehr», stöhnte er, während er wie ein schlaffer Sack im Sessel seines Hotelzimmers klebte. «Diese Möchtegern-Stars kriegen mich schon am ersten Tag klein.»

«Wir schaffen das, Joe», sagte Shorty tröstend. «Denk nur immer an ‹Petra unter Piranhas›. Das wird dein endgültiger Durchbruch!»

Joe Hamburger nickte. «Wenn wir das Ding hier durchziehen», meinte er träumerisch, «kann ich mir Julia Rockerts als Petra leisten.»

«Diese Studienrätin wäre aber auch nicht schlecht», sagte Shorty. «Die würde den Piranhas zeigen, was 'ne Harke ist.»

«Aber bis es so weit ist», stöhnte Joe Hamburger und griff nach einem Pillenfläschchen, «muss ich den Affenzirkus hier überleben. Und dann noch Tante Roberta im Genick – kein Wunder, dass ich Magenschmerzen habe.»

«Dagegen helfen warme Brustwickel.» Beim Klang der Stimme zuckten die beiden Männer zusammen – lautlos wie eine Raubkatze war Rob Robber ins Zimmer gekommen. Und wie ein schwarzer Panther sah sie auch aus: mit Lederstiefeln, hautengem Kampfanzug, die grauen Locken unter einer schwarzen Kapuze verborgen. Nur das Handtäschchen, das nach wie vor an ihrem Arm baumelte, erinnerte an das ältliche Tantchen Roberta.

«Arbeitskleidung», sagte Rob Robber knapp, als sie die verblüfften Gesichter der Männer bemerkte. «Nachtschicht ist angesagt. Ein sauberer Coup will gut vorbereitet sein.»

«Aber ohne uns», stöhnte Joe Hamburger. «Meine Nerven sind aufs äußerste strapaziert. Nach einem solchen Tag brauche ich ausreichenden Schlaf.»

«Ich fürchte, lieber Joe», sagte Rob Robber freundlich, «schlafen wirst du erst wieder in Amerika. Dann allerdings im Seidenbett.»

Eine halbe Stunde später marschierte Joe Hamburger fröstelnd auf seinem Wachposten vor dem Bankhaus Rattenkuhn auf und ab. Schließlich hielt er es nicht mehr aus und stieg die Stufen zur Eingangstür hinauf.

«Wie lange dauert's denn noch?», zischte er.

Im Türspalt erschien der schwarze Kopf Rob Robbers. «Ich bin Profi», fauchte sie. «Gerade mal zehn Minuten habe ich für die Schlösser und die Alarmanlage benötigt – das ist absolute Spitzenleistung! Du wirst mir also wohl etwas Zeit zum Auskundschaften zugestehen. Vergiss nicht: Wenn ich etwas übersehe, steckst du bis zum Hals mit drin!»

Fünf Minuten später winkte sie Joe Hamburger herein. «Bleib du draußen und steh Schmiere», wies sie Shorty an.

«Vorsicht», sagte sie warnend, als sie den Regisseur die Treppe hinunterführte. «Keine Fingerabdrücke hinterlassen!»

Im dämmrigen Licht des Untergeschosses schimmerte die große Edelstahltür des Tresors. An allen vier Ecken und in der Mitte sah man die Lämpchen der elektronischen Schlösser blinken.

«Alles ist ein Kinderspiel, wenn der Bankdirektor freiwillig den Tresor aufschließt», erklärte Rob Robber. «Wenn er es nicht tut», sie deutete auf die Tresorschlösser, «können wir uns an den Dingern die Zähne ausbeißen.»

«Ich bring ihn dazu», erklärte Joe Hamburger überzeugt.

«Okay», nickte Rob Robber. «Lass sie alle morgen und übermorgen schön Filmstar spielen – und dann die Seifenblase platzen: Bevor jemand etwas merkt, sind wir schon abgetaucht.»

«Abgetaucht?», fragte Joe Hamburger. «Wohin denn?»

Statt einer Antwort wies Rob Robber auf eine Tür neben dem Tresor. «Kundentoilette: Herren» stand darauf.

«Ins Klo?», fragte der Regisseur verdattert.

«Wir werden jetzt einen kleinen Ausflug machen», befahl Rob Robber übergangslos. «Los, komm, Joe!»

Geschmeidig wie eine schwarze Katze eilte sie die Treppe hinauf. Nachdem sie die Alarmanlage wieder aktiviert hatte, verriegelte sie von außen sorgfältig den Eingang und wischte die Glastür mit einem schneeweißen Taschentuch ab.

«Kommt mit», sagte sie zu den beiden Männern. «Es ist nicht weit.»

Verdrossen trabten Regisseur und Filmassistent hinter ihr her.

«Ist das wirklich Tante Roberta?», fragte Shorty leise.

«Persönlichkeitsspaltung», vermutete Joe Hamburger düster.

Nach weniger als einer Minute standen sie vor dem Fußballplatz, auf dem sie gestern Abend gelandet waren. Regisseur Hamburger warf einen sehnsüchtigen Blick auf den Helikopter, in dessen Rotorblättern sich das Mondlicht spiegelte.

«Joe, wir schaffen das», flüsterte Shorty aufmunternd.

Ein prüfender Blick – dann führte Rob Robber die beiden Männer zu Alois Sternblaus Schnapsbude, die vis-à-vis vom Fußballplatz lag.

«Das ist genau der richtige Platz», erklärte sie flüsternd. «Hier sieht uns keiner – und die alte Schnapsdrossel», einen Moment lang lauschte sie auf das laute Schnarchen, das aus dem Inneren der Bretterbude kam, «kriegt bestimmt nichts mit. Wartet!»

Wie ein Schatten verschwand sie in der Dunkelheit. Als sie kurze Zeit später zurückkehrte, hatte sie zwei Klappspaten geschultert.

«So, meine Süßen», sorgfältig suchte sie den von Unkraut überwucherten Boden ab, bevor sie mit dem Spaten eine Stelle markierte, «ihr könnt anfangen!»

«Anfangen?», fragte Regisseur Hamburger verdattert. «Womit?»

«Mit dem Tunnelgraben», sagte Rob Robber spöttisch. «Den guten, alten Fluchttunnel – bekannt aus Film und Fernsehen. Von hier bis zur Bank. Genauer gesagt: Zur Herrentoilette.»

Sie drückte Joe Hamburger Kompass und Maßband in die Hand. «Haltet euch immer Richtung Osten», befahl sie. «Nach zwanzig Metern seid ihr im Untergeschoss der Bank – genau unter der Herrentoilette. Für den Tunnelausgang verbreitert ihr einfach das Abflussrohr. Vergesst nicht, ein Schild «Außer Betrieb» außen an der Toilettentür anzubringen. Und haltet euch ran – ihr habt nur zwei Nächte.»

«Was ist mit dir?», fragte Joe Hamburger.

«Ich», erwiderte Rob Robber, «bin eine schwache, alte Frau und darf mich keinesfalls überanstrengen. Andernfalls könnte ich vielleicht müde und gereizt werden – und das willst du doch nicht, oder, Joey?» Ihre Stimme klang wie Kandiszucker: süß und steinhart zugleich.

Bevor die beiden Männer protestieren konnten, hatte sie sich auf dem Stiefelabsatz umgedreht. «Man sieht sich, meine Herren!»

Was blieb dem Regisseur und seinem Assistenten übrig? Sie legten den Kompass vor sich hin und gruben, was das Zeug hielt. Und hatten nicht die geringste Ahnung, dass sie damit nicht allein waren.

Am Bankhaus Rattenkuhn herrschte in dieser Nacht reger Publikumsverkehr: Keine fünf Minuten, nachdem Rob Robber mit ihren Helfershelfern abgezogen war, waren die drei Räuber vor der Bank aufgetaucht.

«Was willst du hier, Toni?», fragte Edi. «Dass der Tresor nicht zu knacken ist, wissen wir doch schon seit Jahren. Mit dem neuen Elektroschutzschild ist der Kasten sogar bombensicher.»

«Wenn es nicht so wäre», ergänzte Ludwig, «hätte Herr Rattenkuhn schon längst eine Herrenboutique eröffnen müssen.»

Gereizt deutete Toni auf die Eingangstür. «Anstatt dumme Sprüche zu reißen, solltet ihr lieber mal die Tür öffnen.»

«Wenn's weiter nichts ist», meinte Edi gutmütig. «Lasst mich mal ran!»

Für Schlösser und Alarmanlage brauchte er gerade mal neun Minuten – eine volle Minute weniger als Rob Robber.

«Was machen wir hier?», fragte Ludwig noch einmal, als sie ins Untergeschoss hinunterschlichen. «Wir haben ja noch nicht mal Rollen. Wenn du mich fragst, Boss, du handelst voreilig.»

«Ich frag dich aber nicht», fauchte Toni. «Hast du deinen Auftrag ordnungsgemäß erledigt?»

«Klar», Ludwig nickte.

«Dann sind wir morgen früh engagiert», erklärte Toni überzeugt. «Verlasst euch auf mich.»

Beim Anblick der Tresortür leuchteten Edis Augen auf. «Ist

er nicht ein hübsches Kerlchen?», fragte er. «Aber leider dicht wie eine Auster!»

«So ist es», nickte Toni. «Wir werden also den lieben Bankdirektor überreden müssen, uns für kurze Zeit sein Schmuckstück aufzuschließen. Wenn wir es geschickt anstellen, kriegt keiner etwas davon mit. Und anschließend tauchen wir sofort ab.»

Er zeigte auf eine Tür neben dem Tresor, auf der «Kundentoilette: Damen» stand.

«Ins Damenklo?», fragte Edi verständnislos.

«In unseren Fluchttunnel», verbesserte ihn Toni. «Der ganz zufällig in der Damentoilette beginnt.»

«Aber das geht doch nicht, Toni», wandte Ludwig pikiert ein. «Wenn schon, dann bitte im Herrenklo.»

Toni verdrehte die Augen. «Warum bin ich in dieser Bande als Einziger mit Denkvermögen ausgestattet?», zürnte er. «An welchem Ort, Freunde, wird man uns ganz bestimmt nicht suchen?»

Edi grinste anzüglich. «Du bist gut, Toni!»

«Jedenfalls», ordnete Toni an, «gehen wir jetzt nach Hause und fangen an zu graben.»

Auf dem Heimweg fragte Edi noch einmal: «Wieso Fluchttunnel?»

«Schalt doch mal dein Großhirn ein, Edi», fauchte Toni gereizt. «Filmfritzen. Dreharbeiten. Schauspieler.» Mit zwei Fingern schnalzte er vor Edis Gesicht. «Na, klingelt's?»

«Bei mir klingelt nix», sagte Edi stur.

«Kameras, Edi!», flötete Toni. «Publikum! Tausend Leute beobachten die Dreharbeiten. Zweitausend Augen sehen zu, wie wir unsere Beute abtransportieren. Möchtest du das, Edi?»

«Nö», erklärte Edi wenig geistvoll.

«Dann musst du graben!» Mittlerweile waren sie vor Tonis Fachwerkhaus angekommen. Toni verschwand im Schuppen und kehrte mit drei Klappspaten zurück. «Bevor einer schnallt, was passiert, sind wir schon in der Damentoilette abgetaucht», erklärte er. «Aus den Augen – aus dem Sinn.»

«Trotzdem eine blöde Idee!» Missmutig rammte Ludwig den Spaten in die harte Erde. «Da holt man sich ja Schwielen an den Händen!»

«Aber auch attraktive Muskeln», sagte Toni spöttisch. «Die zwanzig Meter Buddelei werden dir gut tun.» Wie Rob Robber zog er Kompass und Maßband aus der Tasche. «Wenn wir uns immer nach Westen halten, Freunde», er legte den Kompass auf die Erde, «kommen wir exakt unter der Damentoilette heraus. Also: Auf zum fröhlichen Graben!»

Und so kam es, dass auch die drei Räuber die ganze Nacht hindurch schufteten. Sie wühlten sich durch die Erde, sie schwitzen, keuchten, und immer wieder klang ein saftiger Fluch aus der Grube: «Pest und Polizei, man kommt sich vor wie ein gottverdammter Maulwurf!»

Im Wilden Westen

Als die braven Bürger des Städtchens am Morgen ihre Rollläden hochzogen, rieben sie sich verblüfft die Augen: Die altvertrauten Straßen und Geschäfte, das Hotel und die Bank, das Museum und die Polizeiwache – alles war verschwunden! Stattdessen gab es plötzlich eine Western Union Bank, ein Sheriffbüro mit dem Steckbrief *Wanted: Billy Blaue Bohne Knaretti. Dead or alive!*, einen Saloon (ehemals Konditorei Kränzel), in dem Jonny Twitterly (ehemals Musiklehrer Udo Zwitscherling) auf dem Saloonklavier klimperte, eine Schmiede (ehemals Tierhandlung Kreuch) und einen Westernstore (ehemals Möbelhaus Sven von Elch), im dem es vom Sattel bis zum Kautabak alles gab, was Westernhelden brauchen. Die Autos waren verschwunden, dafür standen Kutschen und Pferde auf der Straße. Cowboys schlenderten breitbeinig über die hölzernen Bürgersteige und zogen den Hut vor Westernladys in Rüschenkleidern und Schnürstiefeln. Der Wilde Westen hatte im Städtchen Einzug gehalten, die Illusion war perfekt – dank der Filmleute aus Hollywood.

Mit dem – fast echten – Indianer, der jetzt durch die Brettertür des Sheriffbüros stolperte, hatten sie allerdings nichts zu tun.

«Sheriff, ich – hicks – habe eine Meldung zu ma-machen!», verkündete Alois Sternblau.

Sheriff Higgledy (vormals Kommissar Pillermeier) blickte nicht von seiner *Sheriffrevue* (ehemals *Polizeichefmagazin*) auf. «Wenden Sie sich an den Hilfssheriff», knurrte er und nahm einen Schluck Tee aus seinem Blechnapf (ehemals Teetasse).

Hilfssheriff Piggledy (ehemals Assistent Flotthammer) setzte sein freundlichstes Gesicht auf. «Wieder einmal Maulwürfe im Garten, Herr Sternblau?»

«Großer – hicks – Häuptling Bluestar, wie of-oft – hicks – muss ich das denn noch sagen», raunzte Herr Sternblau. Dann rückte er ganz nah an Rudolf heran. «Der Rie-Riesenpräriehund», wisperte er, «er gräbt einen Tunnel! Neben meinem Kiosk!»

Das Aroma des Blind-Indian-Whiskys war überwältigend. «Wir kümmern uns darum, Großer Häuptling», versprach Assistent Flotthammer leicht benommen. «Heute Abend, nach den Dreharbeiten.»

Doch so leicht ließ Alois Sternblau sich nicht abschütteln. Als Rudolf den kleinen Polizeihund in einen Rucksack packte und beide Polizisten sich auf den Weg zum Hotel machten, torkelte er hinterdrein – obwohl Winzgrim ihm aus dem Rucksack heraus knurrend die Zähne zeigte.

In der Hotelhalle saßen – sichtlich übernächtigt – Regisseur Hamburger und Filmassistent Shorty Brown. Mit glasigen Augen starrten sie auf Juwelier Klunker, der über Nacht neuen Mut gefasst hatte und nun rund um die Hotelrezeption eine mitreißende Steppnummer vorführte.

Geschulten Auges musterte Kommissar Pillermeier den Regisseur und seinen Assistenten. «Wohl die ganze Nacht durchgemacht», folgerte er messerscharf. «Filmvolk – man kennt das ja.»

«Die nette Tante ist jedenfalls putzmunter», Rudolf nickte Tante Roberta zu, die sich eine Schürze vorgebunden hatte und Regisseur Hamburger fürsorglich Kaffee eingoss.

Dessen Laune war dennoch auf dem Nullpunkt. «Ich habe Ihnen bereits gesagt», fauchte er Herrn Klunker an, «wir drehen keine Operette, kein Musical ... und nein», brauste er auf, als nun Alois Sternblau auf ihn zutorkelte, «wir brauchen auch keinen Indianer!»

Rudolf nahm den Regisseur zur Seite. «Lassen Sie Herrn Sternblau einfach mit dabeistehen», riet er ihm. «Dann gibt er Ruhe.»

Mit zittrigen Fingern holte Regisseur Hamburger sein Pillenfläschchen aus der Tasche. «Steppende Juweliere, besoffene Indianer – und der schlechteste Kaffee der Welt», murmelte er verzweifelt. «Ob es irgendwann Abend wird?»

«Freust du dich schon so aufs Graben?», wollte Tante Roberta mit liebevollem Lächeln wissen.

Joe Hamburger ignorierte sie. «Können wir anfangen?», fragte er müde. «Sind alle Schauspieler da?»

«Der Sheriff, der Hilfssheriff, der Bankdirektor und die Rose des Wilden Westens sind anwesend», meldete Shorty. «Nur die drei Banditen fehlen noch.»

In diesem Augenblick steckte der Postbote den Kopf zur Tür herein.

«Wer ist das wieder?», stöhnte der Regisseur. «Will der etwa auch mitspielen?»

«Verzeihen Sie die Störung», der Postbote tippte an seine Mütze. «Ich soll bloß Bescheid sagen, dass Herr Kabelreiß, Herr Ballerschmidt und Herr Sven von Elch erkrankt sind.»

Shorty blickte auf seine Liste. «Das waren unsere drei Banditen.»

«Alle drei auf einmal sind krank geworden?», fragte Joe Hamburger ungläubig. «Wie ist das möglich?»

«Soweit ich gehört habe», sagte der Postbote mit schadenfrohem Grinsen, «haben die drei Herren gestern Abend ihre Filmrollen ausgiebig gefeiert. Irgendetwas muss ihnen wohl auf den Magen geschlagen sein.»

Ratlos blickte Regisseur Hamburger auf Shorty. «Wo nehmen wir jetzt auf die Schnelle drei Schurken her?»

«Hier sind sie schon!», hörte man jemanden rufen. Drei auffallend blonde Männer durchquerten die Hotelhalle.

«Schon wieder die Schönlinge», knurrte Kommissar Pillermeier.

«Wir sind Ihre Idealbesetzung», beteuerte einer der Blondschöpfe. «Wie ich gestern schon sagte: Schurkenrollen sind unsere Spezialität.»

«Gut, dann hätten wir das Problem ja gelöst», beschloss Regisseur Hamburger erleichtert. «Shorty, notier dir die Namen.»

«Toni Morona, Ludwig Munkel und Edi Karpfenstein», diktierte ein Blondschopf.

Hörbar sogen seine beiden Begleiter die Luft ein. Im nächsten Augenblick packten sie den Sprecher unterm Arm und zogen ihn in eine Ecke.

«Bist du übergeschnappt, Edi?», wisperte Toni. «Nennst unsere echten Namen!»

«Verdammt, hab eben gepennt», flüsterte Edi zurück. «Das kommt davon, wenn man die ganze Nacht Maulwurf spielen muss.»

«Immerhin werden wir so unter unseren eigenen Namen berühmt», freute sich Ludwig. «Dann kommt die Fanpost an die richtige Adresse.»

«Eitler Depp!», schimpfte Edi. «Hier geht's nicht um schmalzige Liebesbriefe, hier geht's um fette Beute! Ich will den Geldspeicher vom alten Rattenkuhn von innen beschnüffeln.»

«Immer mit der Ruhe, Edi», sagte Toni besänftigend. «Das eine lässt sich doch mit dem anderen verbinden. Ruhm und Geld – wir schlagen sozusagen zwei Fliegen mit einer Filmklappe. Und das Ganze», nickte er in Richtung Kommissar Pillermeier und Rudolf Flotthammer, «direkt unter den wachsamen Augen unserer Herren Kriminalspezialisten.»

«Ein Glück», feixte Ludwig, «dass unsere lieben Geschäftsleute gestern Abend so fabelhaft geschlemmt haben.» Er stieß Toni an. «Was war eigentlich in dem Fläschchen, das ich in die Hummersuppe gekippt habe?»

«Spezialrezept», flüsterte Toni geheimnisvoll. «Die Toni-Morona-Einschlafhilfe mit Langzeitgarantie.»

Edi und Ludwig lachten wiehernd. «K.o.-Tropfen an Hummersüppchen», japste Edi. «Ein umwerfendes Rezept. Wie bist du an die Teller rangekommen, Ludwig?»

Wohlgefällig strich Ludwig sich über den Schnurrbart. «Die Köchin im Rostigen Posthorn hat was übrig für blonde Männer.»

Inzwischen war das restliche Filmteam in der Hotelhalle eingetrudelt. Die Kameraleute schleppten ihre Kameras, die Beleuchter ihre Scheinwerfer, die Toningenieurin ihre Mikrophone und die Maskenbildnerin ihren riesigen Schminkkoffer. Alle lächelten dankbar, als die nette Tante Roberta sie erst einmal mit Kaffee und Donuts versorgte.

«Wenn jetzt bitte alle mal herhören würden», wie ein Hütehund seine Schafe trieb Regisseur Hamburger seine Schauspielerriege zusammen. «Bevor wir die ersten Einstellungen schießen …»

«Wie? Was?», fragte Bankier Rattenkuhn aufgeregt. «Wird denn schon geschossen?»

«Er spricht von Filmaufnahmen», erklärte Studienrätin Trimm.

«… gilt es eine wichtige Frage zu klären», fuhr Joe Hamburger fort. «Wer von Ihnen kann reiten?»

Drei Finger schossen in die Höhe: Der erste von Alois Sternblau – «der Häuptling der Koma – hicks, der Toma – hicks, der Koma-tschen ist im Sattel geboren» –, der zweite von Isolde Trimm – «vergessen Sie nicht, ich bin Sportlehrerin!» –, und der dritte – von Kommissar Pillermeier!

«Der Hometrainer zählt aber nicht als Pferd, Chef», wandte Assistent Flotthammer ein.

«Wer spricht von Hometrainern?», fragte Kommissar Pillermeier von oben herab, dabei schielte er zu Isolde Trimm. «In meiner Jugend war ich ein begnadeter Polospieler. Meine Korbwürfe waren gefürchtet … Was bitte gibt's da zu lachen?», fuhr er Studienrätin Trimm an.

«Nichts, nichts», entgegnete sie. «Ich freu mich auch immer, wenn ich beim Turmspringen schon im zweiten Break einloche.»

«Chef», Rudolf Flotthammer kratzte sich am Hinterkopf. «Kann es sein, dass Sie …»

Er sprach nicht weiter, denn nun erschien Shorty und winkte alle Schauspieler nach draußen.

Vor dem Hotel warteten sieben gesattelte Pferde, die Shorty in Ermangelung einer Stange an die Fahrradständer gebunden hatte.

«Die Tiere werden freundlicherweise vom örtlichen Reitstall zur Verfügung gestellt», erklärte Joe Hamburger. «Laut Besitzerin sind sie lammfromm.»

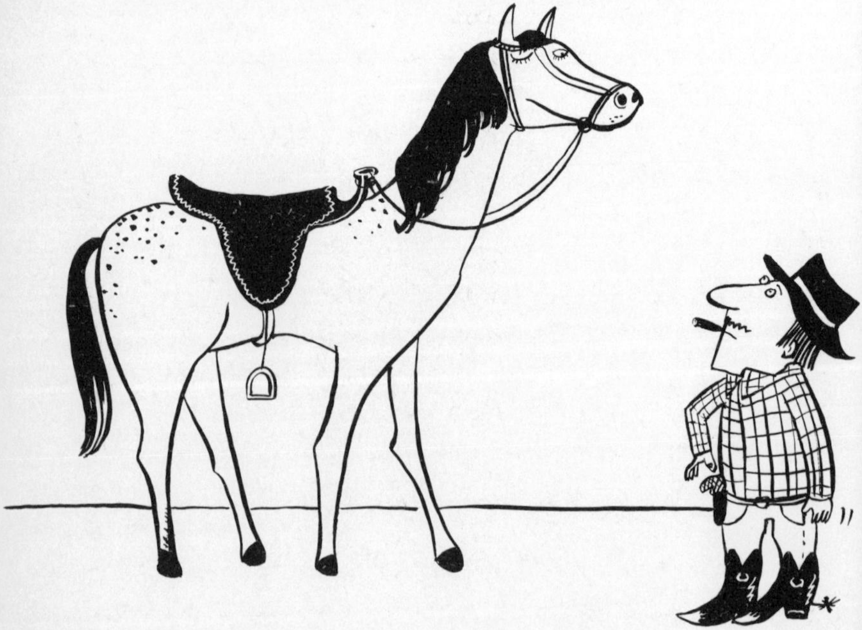

Kommissar Pillermeier umschlich die Pferde in sicherem Abstand. «Ziemlich hoch», stellte er fest. «Und der Blick – irgendwie tückisch … Nein», erklärte er kategorisch, als Joe Hamburger eine einladende Geste machte. «Extreme Höhe und tückischer Blick – auf diesen Tieren reite ich nicht. Bringen Sie mir eine andere Sorte Pferd.»

Regisseur Hamburger ließ sich schwer auf seinen Regieklappstuhl sinken. «Der Mann ist komplett verrückt», sagte er auf Englisch. «Jetzt will er ein anderes Pferd.»

«Was für eins denn?», fauchte Shorty. «Vielleicht ein Seepferd?»

Tante Roberta blickte von ihrer Kaffeekanne hoch. «Sei ein lieber Junge und geh», sagte sie herzlich. Ohne ein weiteres Wort verschwand Shorty ein zweites Mal in Richtung Reitstall.

«Die Pferde schauen doch ganz freundlich drein, so im Vergleich zu Elvira», meinte Rudolf Flotthammer, während er einer Schimmelstute die weichen Nüstern kraulte. «Soll ich mal?»

Noch ehe der Kommissar reagieren konnte, hatte Assistent Flotthammer die Zügel der Stute gelöst und sich in den Sattel geschwungen.

«Seien Sie vorsichtig, Rudolf!», brüllte Kommissar Pillermeier, doch schon ritt sein waghalsiger Assistent im gestreckten Galopp die Straße hinunter.

Mit finsterem Gesicht blickte der Kommissar ihm hinterher. «Vier Wochen Gipskorsett», orakelte er. «Und wer kocht dann den Tee und sortiert die Akten?»

Doch offensichtlich war Rudolf ein Naturtalent. «*Jipeeh!*», brüllte er und warf seinen Hilfssheriffhut in die Luft. «Fast so schön wie Autorennen fahren!» Geschickt ließ er sich aus dem Sattel gleiten, dann hielt er Kommissar Pillermeier aufmunternd die Zügel hin: «Probieren Sie doch auch mal, Chef!»

Wie aufs Stichwort kam Shorty zurück, im Schlepptau ein Pferd. Genauer gesagt, die obere Hälfte eines Pferdes: Der Oberkörper war normal, die Beine dagegen kaum zu sehen, und das ganze Tier war nicht höher als eine Gartenbank.

«Das ist ein Niederauer Zierpony», sagte Shorty zu Joe Hamburger. «Die Besitzerin meinte, genauso gut könne man eine Riesenschildkröte reiten.»

Misstrauisch beäugte der Kommissar den breiten Pferderücken, der in einer Höhe mit seinem Bauchnabel war. «Und wie kommt man da hinauf?»

In einer gemeinsamen Anstrengung wuchteten Rudolf Flotthammer und drei kräftige Kameramänner den Kommissar in den Sattel.

«Na, wie sehe ich aus?», fragte Kommissar Pillermeier, dabei umklammerte er krampfhaft den Sattelknauf. Rechts und links des Pferdebauchs standen seine Stiefelsohlen fest am Boden auf.

«Großartig, Chef», antwortete Rudolf schnell. «Irgendwie», er wählte seine Worte sorgfältig, «rasant. Wie ein – ähm – tiefer gelegter Sportwagen.»

Einer der Kameramänner redete lachend auf Joe Hamburger ein.

«Er meint, alles kein Problem, Mister Pillermeier», übersetzte der Regisseur. «Er lässt das Bild einfach durch einen Längsfilter laufen, dann bekommen Sie und das Pferd genau die richtigen Proportionen.»

Doch Kommissar Pillermeier wusste professionelle Kameraarbeit im Augenblick nicht zu würdigen. Das Niederauer Zierpony, dem das Stillstehen offenbar zu dumm geworden war, hatte sich langsam in Bewegung gesetzt.

«Hilfe!», brüllte der Kommissar. «Es geht mit mir durch! Das ist kein Pony, das ist ein ungezähmter Mustang! Hilfe! Holt mich hier runter!»

Mit stoischer Miene verfolgte Joe Hamburger die Rettungsaktion, bei der Assistent Flotthammer zusammen mit den drei starken Kameramännern Kommissar Pillermeier vom Pferderücken zerrte und anschließend das verstörte Zierpony beruhigte.

«In Ordnung, Mister Pillermeier», sagte der Regisseur freundlich. «Wir ändern das Drehbuch. Sheriff Higgledy hat eine Pferdeallergie und bringt die Schurken zu Fuß zur Strecke.»

«Das», erklärte Kommissar Pillermeier, wobei er Isolde Trimms schadenfrohes Lachen geflissentlich überhörte, «wird den Film erst zum wahren Meisterwerk machen. Einen Sheriff mit Pferd hat schließlich jeder Spaghettiwestern!»

Und mit einem Seufzer der Erleichterung wandte er den Pferden den Rücken zu.

Regisseur Hamburger schnappte sich ein Megaphon. «Okay, Leute», rief er. «Zwei Stunden Mittagspause. Lernen Sie bitte Ihre Rollen. Für die ersten Aufnahmen treffen wir uns im Saloon …»

«In der Bank», flüsterte ihm von hinten Tante Robertas Stimme ins Ohr. «Ich will mir die Räumlichkeiten bei Tageslicht ansehen.»

«Wir treffen uns alle in der Western Union Bank», verkündete Joe Hamburger. «Bis später also … Uff!» Mit einem Seufzer der Erleichterung angelte er nach den Zigaretten in seiner Stofftasche … doch was war das?

«Autsch!», brüllte er und versuchte verzweifelt, etwas von seinem Daumen abzuschütteln.

«Winzgrim», rief Rudolf Flotthammer. «Dich habe ich ja ganz vergessen!» Schnell pflückte er das Hündchen von Joe Hamburgers Daumen ab und hielt es ihm unter die Nase. «Das, Herr Regisseur», sagte er stolz, «ist unser hochbegabter Polizeihund!»

Beim Anblick des Hundes geriet Regisseur Hamburger leicht ins Wanken. «Danke», murmelte er geistesabwesend, als Tante Roberta ihm fürsorglich ein Pflaster auf den Daumen klebte. Dann winkte er die Maskenbildnerin herbei. «Sieh zu, dass du irgendwas aus der kleinen Ratte machen kannst», knurrte er. «Ich will mir keine Probleme mit dem Tierschutzverein einhandeln! Die meinen noch, wir hätten ihn so verunstaltet.»

Mit einigen schnellen Handgriffen baute die Maskenbildnerin ihren Schrankkoffer zu einer Garderobe um, in der sie mit Winzgrim verschwand. Als sie wieder herauskam, stockte allen der Atem beim Anblick des Traumhundes auf ihrem Arm: Schneeweiße, seidenweiche Locken. Riesige, glänzende Augen. Eine entzückende lackschwarze Hundenase.

«Winzgrim», stammelte Rudolf Flotthammer, «bist das wirklich du?»

«Machen Sie sich keine falschen Hoffnungen», sagte Joe Hamburger trocken. «Das kommt vom Hollywood-Instantpack ‹Filmhund in zwei Minuten›. Hält genau einen Drehtag lang. Heute Abend ist er so hässlich wie zuvor.»

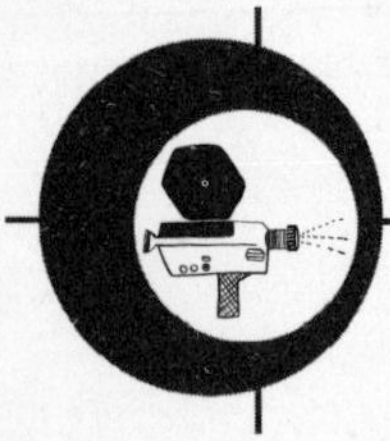

Film ab!

Und dann war es wirklich so weit: Die Dreharbeiten begannen! Vor dem Bankhaus Rattenkuhn hingen ganze Trauben von Schaulustigen. Drinnen schwirrte es nur so von hektischer Aktivität: Aufgeregte Schauspieler wurden geschminkt und gepudert, Kameras, Scheinwerfer und Mikrophone auf Position gebracht. Nur Tante Roberta saß still in einer Ecke und häkelte.

«Herr Rattenkuhn sollte sich immer so kleiden», stellte Rudolf beim Anblick des Bankiers in Gehrock und Zylinder fest. «Und Studienrätin Trimm», er wies auf eine Lady im Rüschenkleid, «sieht als Westernlady wirklich gut aus, finde ich.»

«Rose des Wilden Westens», knurrte der Kommissar ungnädig. «Pah! Puffbohne aus Texas würde besser passen!»

Stolz steckte Rudolf Flotthammer sich den Sheriffstern an die Fransenweste. «Das ist mal was anderes als die ewige Polizeiuniform, was, Herr Kommissar?»

Mit kritischem Blick musterte Kommissar Pillermeier den Aufzug seines Assistenten. «Ihr Stern hat mehr Zacken als meiner», stellte er missmutig fest. «Es geht nicht, dass Sie einen größeren Stern haben als ich.» Ohne lange zu fackeln, griff er nach Rudolfs Stern. «Schließlich bin ich der Sheriff!»

«Sind alle fertig?», fragte Regisseur Hamburger. «Dann beginnen wir mit der ersten Einstellung: der Besprechung zwischen dem Sheriff und seinem Hilfssheriff.»

Gemäß der Regieanweisung stellten Sheriff Pillermeier und Hilfssheriff Flotthammer sich vor dem Bankschalter auf, hinter dem Bankier Rattenkuhn strahlend in die Kamera winkte.

«Sheriffbesprechung, die Erste!», rief Shorty, und «klack» schlug er eine hölzerne Klappe zusammen.

«Action!», kommandierte Joe Hamburger.

Wie tausendmal vor dem Spiegel geübt, zog Kommissar Pillermeier sich den Sheriffhut ins Gesicht. «Man hört, die Mortonbande will sich hier in der Stadt einnisten», brummte er mit seiner tiefsten Sheriffstimme. «Ich denke, wir werden ein Wörtchen mit den Brüdern reden müssen. Was meinen Sie, Hilfssheriff Piggledy?»

Rudolf Flotthammer zuckte zusammen. «Äh, ja. Augenblick bitte …» Hektisch fummelte er einen kleinen Zettel unter seinem Hut hervor, warf einen Blick darauf und sprach anschließend mit viel Gefühl: «Wo du hingehst, da will auch ich hingehen. Dein Weg ist mein Weg. Dein Leben ist mein Leben.»

Sheriff Higgledy blickte seinen Hilfssheriff irritiert an, doch dann brummte er weiter: «Wenn die Schurken nicht freiwillig verschwinden, müssen unsere Fäuste sprechen. Sind Sie bereit, Hilfssheriff Piggledy?»

Er wartete, doch Rudolf brütete mit angestrengter Miene über seinem Spickzettel. Ungeduldig trat der Kommissar seinem Assistenten auf den Fuß: «Sie sind dran!»

«Moment noch, Chef», flüsterte Rudolf. «Da, ich hab's.» Er warf sich in die Brust und deklamierte: «Verlassen willst du mich, herzloser Schuft? Nach allem, was ich für dich tat? Damit lädst du mein blühend junges Leben auf dein Gewissen!»

«Assistent Flotthammer, was erzählen Sie für einen Blödsinn?», zischte Kommissar Pillermeier. «Sie machen uns komplett lächerlich.»

Doch Rudolf Flotthammer hatte jetzt in seine Rolle hineingefunden, presste einen unsichtbaren Dolch ans Herz und hauchte: «Leb wohl, du schnöde Welt, dahin, dahin! Wie gern hätt ich noch gelebt!»

Es war eine ergreifende Szene, verstohlen wischten sich die Kameraleute eine Träne aus den Augenwinkeln – da sprang Joe Hamburger von seinem Regiestuhl: «Aus! Stopp!», rief er. «Mister Flotthammer, Sie haben die falsche Rolle einstudiert. Das ist die Rolle von Peggy, dem Saloongirl.»

«Aber dann habe ich alles umsonst gelernt.» Rudolf Flotthammer war den Tränen nahe. «Wenn das so ist, spiele ich nicht mehr mit.»

Tante Roberta hatte ihr Häkeln unterbrochen. «Gibt es Schwierigkeiten?», fragte sie flüsternd. «Joe, sorg dafür, dass alle bei der Stange bleiben. Wir müssen die Nummer wie geplant durchziehen, sonst kommen wir nie da rein!» Mit der Häkelnadel wies sie in Richtung Tresor.

«Okay, okay, Mister Flotthammer», Joe Hamburger klopfte Rudolf auf die Schulter. «Kein Grund zur Panik. Von mir aus spielen Sie eine Doppelrolle: Hilfssheriff Piggledy *und* Peggy, das Saloongirl.»

«Ausgeschlossen», mischte sich Kommissar Pillermeier ein. «Mein Hilfssheriff kann nicht gleichzeitig das Saloongirl sein. Das geht gegen die Sheriffsehre!»

Jetzt riss Joe Hamburger der Geduldsfaden. «Mister Pillermeier», fauchte er, «ich bin hier der Regisseur. Wenn ich sage, Mister Flotthammer spielt das Saloongirl, dann spielt er das Saloongirl. Wenn ich sage, Mister Pillermeier spielt ein Pferd, dann spielt Mister Pillermeier ein Pferd. Seien Sie also glücklich, dass Sie den Sheriff spielen dürfen – und schweigen Sie!»

Das wirkte – ohne weiteren Kommentar klappte der Kommissar den Mund zu und wagte nicht zu protestieren, als die Maskenbildnerin Rudolf zu sich winkte und mit ihm in der Koffergarderobe verschwand.

Der Regisseur griff nach dem Megaphon: «Okay, machen wir weiter. Shorty, die nächste Einstellung?»

Shorty blätterte im Filmskript: «Zweite Szene: Die drei Banditen fangen Streit mit Sheriff Higgledy an. Schlägerei im Saloon.»

Regisseur Hamburger winkte seine Schauspieler heran. «Sheriff Higgledy, meine Herren Bösewichte, Aufstellung bitte!»

«Sollten wir für die Szene nicht besser in den Saloon gehen?», fragte Kommissar Pillermeier erstaunt.

Edi rempelte Toni an. «Sorg dafür, dass wir hier weiterdrehen», wisperte er. «Ich will mir noch einmal die Tresorschlösser ansehen.»

«Also ich finde diese Schalterhalle wunderbar!», sagte Toni schnell. «Tausendmal stimmungsvoller als ein verqualmter Saloon!»

«Genau das finde ich auch!», stimmte Regisseur Hamburger hastig zu. Dabei linste er unauffällig zu Tante Roberta, die gerade mit ihrer Häkelnadel ein Kabel der Alarmanlage durchtrennte. «Den Saloon basteln wir später einfach im Schnitt dazu. Modernste Filmtechnik – Sie verstehen!»

Kommissar Pillermeier verstand nichts, nickte aber dennoch professionell. «Natürlich.»

«Die Schurken bitte vor den Banktresen», wies der Regisseur die drei Blondschöpfe an. «Stellen Sie sich jetzt vor, Sie wären die Mortonbande. Drei skrupellose Räuber, spezialisiert auf Einbrüche und Banküberfälle ...»

«Wir werden uns alle Mühe geben», beteuerte Toni. «Auch wenn es schwer fällt!»

Nun war alles bereit. Kommissar Pillermeier stand unter der Eingangstür, Toni, Edi und Ludwig erwarteten ihn am Bankschalter. Und hinter den drei Räubern strahlte Bankier Rattenkuhn in die Kamera.

«Ich glaub's nicht: Jetzt dürfen wir unseren Herrn Kriminalspezialisten verdreschen!», flüsterte Toni. «Ganz offiziell.»

«Darf ich ran?» Vor lauter Vorfreude ballte Ludwig schon die Fäuste.

«Fertig?», fragte der Regisseur.

Kommissar Pillermeier, ganz Profi, nickte wortlos.

«Schlägerei, die Erste.» Klack – Shorty schlug die Klappe.

«Action!»

Wie er es in unzähligen Westernfilmen gesehen hatte, durchquerte Kommissar Pillermeier die Bankhalle wiegenden Schrittes. Toni, Edi und Ludwig empfingen ihn mit einem dreckigen Grinsen.

«Bis zum Sonnenuntergang seid ihr verschwunden, sonst werde ich euch Beine machen!», raunzte Sheriff Higgledy die Banditen an. «In meiner sauberen Stadt dulde ich keine dreckigen Halunken!»

«Dein sauberes Städtchen», höhnte Toni, «ist so schön, dass wir furchtbar gerne dableiben wollen.» Lauernd sah er den Sheriff an. «Du wirst uns schon rausschmeißen müssen!»

«Wie ihr wollt, Freunde!» Brav nach Drehbuchanweisung hob der Kommissar die Fäuste vors Gesicht. «Wer von euch möchte der Erste sein?»

Das war das Stichwort. «Schlag zu, Ludwig», flüsterte Toni. «So fest du kannst!»

Kommissar Pillermeier hörte gerade eben noch, wie Regisseur Hamburger rief: «Stopp! Kamera zwei ist ausgefallen», danach umschwirrte ihn nur noch Engelsgesang und Vogelzwitschern: Ludwig hatte ihm einen erstklassigen Kinnhaken verpasst.

«Alles klar, Herr Kommissar?», fragte Regisseur Hamburger, als Kommissar Pillermeier aus der Ohnmacht erwachte.

Langsam rappelte der Kommissar sich hoch und befühlte sein Kinn. Dann nickte er. «Alles klar, Mister Regisseur. Man hat ja schließlich Nehmerqualitäten!»

«Großartig», nickte Joe Hamburger. «Wir machen die Szene gleich noch einmal.»

«Wieso noch einmal?», fragte Kommissar Pillermeier entgeistert. «Mit Hilfe der modernen Filmtechnik könnten Sie doch …»

«Sorry», unterbrach ihn Joe Hamburger. «So weit ist die moderne Technik dann doch nicht.»

Wieder stellten sich alle auf ihre Plätze. Shorty schlug die Klappe: «Schlägerei, die Zweite.»

«Action!»

Etwas zögerlicher als beim ersten Mal trat Sheriff Higgledy auf die drei Schurken zu.

«Bis zum Sonnenuntergang seid ihr verschwunden, sonst werde ich euch Beine machen!»

«Jetzt darf ich ran!», flüsterte Toni. Und mit einem prachtvollen Schwinger schlug er Sheriff Higgledy k.o.

Kommissar Pillermeier erwachte vom lauten Schimpfen des Regisseurs: «Verdammter Mist! Keinen Schuss Pulver sind diese Scheinwerfer wert! Noch mal das Ganze – und diesmal muss die Beleuchtung stimmen!»

«Ähm, Herr Regisseur», fragte Kommissar Pillermeier mit schwacher Stimme, «ist diese Szene nicht vielleicht eher für den Hilfssheriff geeignet?»

«Hilfssheriff Piggledy hat seine eigene Schlägerei mit den Banditen», erklärte der Regisseur.

Toni, Edi und Ludwig stießen sich an. «Ein klasse Drehbuch, Herr Regisseur», grinste Edi.

Als Sheriff Higgledy nun ein drittes Mal auf die grinsenden Räuber zustolperte, hielt er sich schützend beide Arme vors Gesicht.

«Stopp!», rief Regisseur Hamburger. «Mister Pillermeier, so geht das nicht. Sheriff Higgledy ist im ganzen Land bekannt für seine Tapferkeit – also müssen Sie ihn auch tapfer spielen. Noch einmal!»

«Jetzt bin ich dran!», flüsterte Edi.

«Schlägerei, die Vierte – Action!»

Gegen jede Drehbuchanweisung brüllte Sheriff Higgledy: «Wem darf ich als Erstes die Fresse polieren?» – dann sprang er wie ein Puma den ahnungslosen Edi an. Der, vom Angriff des Kommissars völlig überrumpelt, kippte wie ein nasser Sack nach hinten. Die Filmleute applaudierten, und Kommissar Pillermeier verneigte sich stolz in die Kamera.

Nur Regisseur Hamburger raufte sich die Haare. «Herr Kommissar, Sie müssen sich ans Drehbuch halten!»

Beim fünften Mal lief dann endlich alles nach Plan: Sheriff Pillermeier kam mit wiegenden Hüften in die Bank. Tapfer hielt er Edi sein Kinn zum Schlag hin. Schade nur, dass er den begeisterten Applaus nicht mehr hören konnte!

Als er wieder zu sich kam, sah er verschwommen ein reizen-

des, von goldenen Locken umrahmtes Mädchengesicht, das sich lächelnd über ihn beugte.

Wie der Blitz war der Kommissar auf den Beinen. «Gestatten», galant lüpfte er seinen Sheriffhut, «Kommissar Pillermeier. Das heißt», fügte er schnell hinzu, «im Augenblick Sheriff Higgledy. Ich spiele hier nämlich die Hauptrolle.»

Das Mädchen öffnete den hübschen Mund: «Angenehm», sagte sie. «Ich bin Peggy, das Saloongirl.»

«Jetzt ist es passiert», dachte der Kommissar erschrocken. «Jetzt habe ich einen Ohrschaden. Daran sind nur die Kinnhaken schuld!»

Denn zweifellos sprach die blond gelockte Schönheit mit Rudolfs Stimme, als sie nun sagte: «Sie machen vielleicht ein duss... äh, ein erstauntes Gesicht, Chef! Erkennen Sie mich nicht?»

«Donnerwetter!» Sicherheitshalber trat der Kommissar gleich zwei Schritte rückwärts und fragte den Regisseur mit leichter Panik in der Stimme: «Er bleibt doch nicht für immer so, oder?»

«Machen Sie sich keine Illusionen, Mister Pillermeier», sagte Joe Hamburger grinsend. «Das kommt lediglich vom Instantpack ‹Hollywood-Schönheit in zehn Minuten›. Spätestens heute Abend ist Ihr Assistent ...»

«... so attraktiv wie immer», ergänzte Rudolf strahlend.

Und tatsächlich: Als die Scheinwerfer am Abend erloschen, sah Assistent Flotthammer bis auf ein einzelnes Goldlöckchen im Haar wieder beruhigend normal aus. Auch die flauschige Hundeschönheit, die er – besser gesagt: Peggy – den ganzen Tag stolz auf dem Arm getragen hatte, hatte sich wieder in den struppigen Polizeihund Winzgrim zurückverwandelt.

Mit dem Megaphon schaffte Joe Hamburger sich im allgemeinen Durcheinander Gehör. «Morgen früh drehen wir als Erstes eine Schlägerei zwischen Sheriff Higgledy und dem Bankdirektor.»

Assistent Flotthammer warf einen Blick auf das geschwollene Kinn seines Chefs. «Wie gut, Herr Kommissar, dass Sie heute schon so viel geübt haben», sagte er fröhlich. «Da kriegen Sie die Sache morgen bestimmt prima hin!»

«Anschließend», fuhr der Regisseur fort, «steht eine Liebesszene zwischen dem Sheriff und der Rose des Wilden Westens auf dem Programm.»

«Pffffff ...», machten Kommissar Pillermeier und Isolde Trimm wie aus einem Munde.

«Wozu habe ich eigentlich einen Hilfssheriff?», flüsterte der Kommissar. «Rudolf, das übernehmen Sie!»

«Wir treffen uns also morgen früh wieder in der Bank.» Joe Hamburger wechselte einen schnellen Blick mit Tante Roberta, die die Treppe hinunter zu den Toiletten fegte und dabei unauffällig Fußangeln für eventuelle Verfolger auslegte. «Und nun gute Nacht, Ladies and Gentlemen!»

«Herr Kommissar», sagte Rudolf Flotthammer auf dem Heimweg zur Polizeiwache. «Wissen Sie, was komisch ist?»

«Nein, Rudolf», antwortete Kommissar Pillermeier geistesabwesend. Bei jedem Schritt übte er den perfekten Gang eines Sheriffs ohne Pferd ein. «Was denn?»

«Die Filmleute haben die gesamte Stadt umgekrempelt.» Mit einer Geste umfasste Rudolf Saloon, Telegraphenamt, Schmiede und Westernstore.

«Was ist daran merkwürdig?», fragte der Kommissar. «Für einen Western braucht man nun mal eine Westernstadt.»

«Komisch ist bloß», sagte Rudolf, «dass man von der Westernstadt im Film nichts sehen wird. Wir drehen immer nur in der Bank.»

«Sie haben es doch selbst gehört, Rudolf», erklärte der Kommissar, Filmexperte durch und durch. «Dank der modernen Filmtechnik wird hinterher alles dazugebastelt.»

«Amerikanische Bl… leichgesichter – hicks – sprechen mit gespaltener Zunge», krakeelte Alois Sternblau auf der gegenüberliegenden Straßenseite. Doch leider schenkte der Kommissar ihm keine Aufmerksamkeit – die widmete er längst wieder dem perfekten Sheriffgang.

Nach dem aufregenden Tag senkte sich eine stille Mainacht über das kleine Städtchen. Nach und nach erloschen die Lichter in den Häusern, die Menschen begaben sich zur wohlverdienten Ruhe – alle bis auf zwei Teams von Maulwürfen. Mit Klappspaten und Bergmannslampen bewaffnet gruben sie ihre Fluchttunnels weiter – noch immer ahnungslos, dass sie nicht allein buddelten.

«Wenn wir in dem Tempo weitermachen», prophezeite Joe Hamburger, «buddeln wir noch hier, wenn die Diamanten längst zurück im Schloss sind.» Aufmunternd stieß er Shorty den Spatenstiel in den Rücken. «Also leg einen Zahn zu!»

Die nächsten fünf Stunden hörte man nur Keuchen und das Geräusch fliegender Erde. Dann ächzte Joe Hamburger: «Laut Maßband haben wir die zwanzig Meter. Lass uns nachsehen!»

Sie buddelten also senkrecht in die Höhe – bis sie plötzlich auf etwas Hartes im Erdreich stießen.

Shorty tastete es mit den Händen ab. «Wenn wir Glück haben, ist das das Abflussrohr der Toilette.» Nach einigen prüfenden Schlägen mit dem Spaten rief er: «Hurra, es stinkt! Wir sind richtig!»

Es wurde noch eine ziemlich feuchte und übelriechende Graberei, doch schließlich hatten sie es geschafft: Sie standen in der Herrentoilette der Bank.

«Wenn ich daran denke», murmelte Joe Hamburger mit Blick auf seine Uhr, «dass Tante Roberta hier in zwei Stunden den Bankraub durchziehen wird ...»

Kopfschüttelnd wollte er den Rückweg durch den Tunnel antreten, als Shorty ihn am Ärmel packte. «Vergiss nicht das Schild, Joe!»

«Ach ja», Joe Hamburger zog einen zerknitterten Zettel mit der Aufschrift «Außer Betrieb» aus der Hosentasche und befestigte ihn außen an der Tür.

«Erledigt», sagte er erschöpft. «Komm, Shorty!»

Pech für ihn, dass er vor Müdigkeit die Augen nicht mehr offen halten konnte – und deshalb das Schild «Außer Betrieb» an der Damentoilette nebenan glatt übersah.

Die Räuber, die ja zu dritt gegraben hatten, waren bereits zwei Stunden früher mit ihrem Tunnel fertig geworden. Zur gleichen Zeit, als Joe Hamburger und Shorty todmüde zum Hotel zurückstolperten, saßen die drei schon wieder putzmunter am Frühstückstisch.

«Ich bin ja gespannt», meinte Ludwig nachdenklich, «ob die paar Spargroschen den Aufwand wirklich lohnen.»

«Ein Fluchttunnel ist etwas fürs ganze Räuberleben», belehrte ihn Toni. «Man weiß nie, wann man ihn wieder mal brauchen kann.»

«Vorher müssen wir aber den Ausgang woandershin verlegen», feixte Edi. «Sonst erleben Herrn Rattenkuhns Kundinnen ihr blaues Wunder!»

«Kommt Zeit, kommt Rat», erklärte Toni. «Heute jedenfalls ziehen wir das Ding wie geplant durch.»

«Das heißt, wir locken unser Direktorchen in einem günstigen Augenblick nach unten und zeigen ihm unsere Waffensammlung?», fragte Ludwig grinsend.

«Genau so machen wir's», nickte Toni. «Nimm aber sicherheitshalber noch ein paar kleine Sprengsätze mit, Edi.»

«Geht klar, Toni», antwortete Edi. «Knalleffekte machen sich im Film immer gut!»

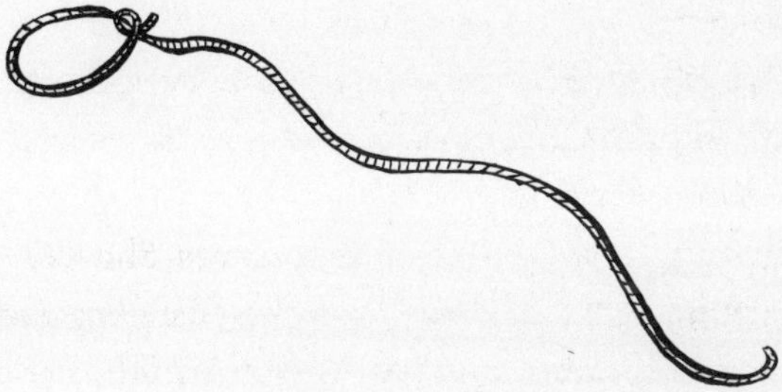

Es knallt im Tresor

«Wieso haben heute eigentlich alle Rucksäcke dabei?» Rudolf Flotthammer zeigte auf Toni und Joe Hamburger, die beide große, schwarze Rucksäcke neben sich stehen hatten. «Steht das im Drehbuch?»

«Ich wette, die sind bis obenhin mit Proviant voll gestopft», sagte der Kommissar mit neidischem Blick. «Nicht wie bei uns, wo ständig ein nichtsnutziger Köter den Rucksack blockiert.»

Missbilligend betrachtete er die Pinselohren, die aus dem grünen Polizeirucksack spitzten.

«Immerhin ist Winzgrim ein echter Filmhund!», sagte Rudolf stolz.

«Ich möchte ja schon wissen», sagte Kommissar Pillermeier mit einem anzüglichen Blick auf Joe Hamburgers schwarze Fingernägel, «was diese Filmleute nachts so treiben.»

«Nach einer friedlichen Nacht im Hotelbett sieht unser Regisseur wirklich nicht aus», pflichtete Rudolf Flotthammer ihm bei.

In der Tat war Joe Hamburger auf seinem Regiestuhl ein wahres Nervenbündel. Er hatte bereits zehn Zigaretten geraucht, sieben verschiedene Pillen eingeworfen und drei Kaffeebecher umgeschüttet. Den Grund für seine Nervosität konnte allerdings niemand ahnen – außer Shorty und Tante Roberta.

«Sobald die Schauspieler da sind, Joe», hatte sie kurz zuvor angeordnet, «drehst du den Bankraub. In weniger als einer Stunde muss die Sache über die Bühne sein.» Sie rieb sich die Hände. «Dann gehört der Lumpior-Diamant mir!»

Joe Hamburger runzelte die Stirn. «Uns, meinst du wohl.»

«Aber natürlich», verbesserte Tante Roberta sich zuckersüß. «*Uns*!»

Als könne sie kein Wässerchen trüben, saß sie jetzt in ihrer Ecke und häkelte, während Regisseur Hamburger seine Schauspieler heranwinkte.

«Nachdem ... ähm ... die Lichtverhältnisse im Augenblick besonders günstig sind, werden wir noch vor der Schlägerei und der Liebesszene ...»

«Pfffff ...», machten Studienrätin Trimm und Kommissar Pillermeier aus einem Munde.

«... ähm ... den Bankraub drehen.» Joe Hamburger spürte, wie ihm der Schweiß ausbrach. «Alle Mann ins Untergeschoss, wenn ich bitten darf!»

Es folgten Minuten hektischer Betriebsamkeit: Sämtliche Scheinwerfer, Kameras und Mikrophone mussten die Treppe hinuntergeschleppt und neu auf Position gebracht werden.

«Seit wann sind denn die Toiletten außer Betrieb?», sagte Isolde Trimm erstaunt.

Shorty hielt ein Stemmeisen in die Höhe. «Wer von euch Morton-Brüdern», fragte er die drei Blondschöpfe, «übernimmt in der Szene das Tresorknacken?»

Sofort griff Edi nach dem Eisen und begutachtete es fachmännisch. «Also, mit dem Ding braucht ihr den Bruch erst gar nicht versuchen», erklärte er geringschätzig. «Der Tresor hier ist ein Krösus Sparmeister Deluxe. Ohne einen Fünferschlüssel und einen ordentlichen Schneidbrenner geht da gar nix ...»

«Mein Kollege geht wieder mal ganz in seiner Rolle auf», warf Toni entschuldigend ein. «Du Idiot!», zischte er Edi zu. «Wir sind Schauspieler. Wir drehen einen Film. Du musst nicht wirklich einbrechen.»

«Nein, das erledigt Herr Rattenkuhn für uns», murmelte Regisseur Hamburger geistesabwesend.

«Haha, guter Witz, Herr Regisseur», amüsierte sich Bankier Rattenkuhn. «Der Bankdirektor bricht in seiner eigenen Bank ein.»

«Ich wollte damit nur sagen», verbesserte sich Joe Hamburger schnell, «dass Sie jetzt den Tresor öffnen sollten. Für … ähm … Innenaufnahmen!»

Bankier Rattenkuhn strahlte schon einmal in die ausgeschaltete Kamera. «Dann bin ich jetzt dran?»

«So ist es», bestätigte der Regisseur. Seine Stimme zitterte ganz leicht. «Jetzt, Bankdirektor Simpson, kommt Ihr großer Auftritt!»

«Das sieht ja fast so aus», flüsterte Toni. «als würde der gute Bankdirektor den Tresor freiwillig aufmachen.»

«Dann brauchen wir gar keine Knarren?», fragte Edi enttäuscht.

«Dafür aber den Sprengsatz», raunte Toni zurück. «Ein ordentlicher Rumms wird alle ablenken.»

«Szene fünf», verkündete Shorty, vor Aufregung grün im Gesicht. «*Der Bankraub!*»

«Action!»

Tante Roberta hatte zu häkeln aufgehört. Genau wie Regisseur Hamburger, Regieassistent Shorty, Toni, Edi und Ludwig starrte sie gebannt auf Bankier Rattenkuhn.

«Ähem», machte der und schlenkerte mit den Armen, «was soll ich denn jetzt machen?»

Joe Hamburger zwang sich zur Ruhe. «Schließen Sie einfach den Tresor auf», sagte er freundlich.

«Ach», sagte Bankier Rattenkuhn enttäuscht. «Soll ich denn gar nichts aufsagen? Wozu habe ich dann alles auswendig gelernt?»

«Bitte sehr, Mr. Simpson», presste Joe Hamburger heraus. Auf seiner Stirn bildeten sich Schweißperlen. «Sprechen Sie.»

Vor seiner schimmernden Tresortür warf sich Bankier Rattenkuhn in die Brust.

«Was habt ihr Schurken im Tresor verloren?
Wartet, gleich zieh ich euch an den Ohren!
Hände weg vom Edelstein,
sonst klemm ich euch die Finger ein!»,

deklamierte er. Dabei klang er, als würde er die neuesten Aktienkurse bekannt geben.

Shorty umklammerte seine Klappe. «Jetzt sagt er auch noch Gedichte auf!», stöhnte er.

«Wunderbar, Mister Simpson!» Vor Ungeduld wippte Joe Hamburger in seinem Regiestuhl auf und ab. «Wenn Sie dann so weit wä ...»

«Augenblick noch», wehrte Bankier Rattenkuhn ab. Hand aufs Herz gepresst, war er ganz in seinem Element.

«Wagt es nur, ihr feigen Diebe,
diese Faust verpasst euch Hiebe!
Verschanzt euch nur im Räuberhaus,
Direktor Simpson holt euch raus!»

«Wird der Bankdirektor im Film nicht irgendwann geknebelt?», murmelte Tante Roberta, während sie Bankier Rattenkuhn ein strahlendes Lächeln schenkte.

«Möchten Sie noch mehr sagen, Mister Simpson?», fragte Regisseur Hamburger mit stierem Blick.

«Darf ich?» Bankier Rattenkuhn war begeistert. «Lassen Sie mich einen Moment nachde...»

«Oder», fuhr der Regisseur fort, «würden Sie jetzt ... vielleicht ... freundlicherweise», er konnte nur noch heiser flüstern, «eventuell ... bitte! ... den Tresor öffnen!»

«Äh, ja», überlegte Bankier Rattenkuhn. «Ich glaube, mir fällt ohnehin nichts mehr ein.»

«Jetzt wird's spannend!», wisperte Toni. «Edi, halt den Sprengsatz bereit!»

Ohne Zögern gab Bankier Rattenkuhn die Zahlenkombination für den Öffnungsmechanismus ein und steckte fünf Schlüssel in die elektronischen Schlösser. Dann trat er erwartungsvoll einen Schritt zurück.

Die Lämpchen blinkten unbeeindruckt weiter – sonst geschah nichts.

«Nanu?», Bankier Rattenkuhn kratzte sich am Hinterkopf. «Da muss ich mich wohl vertan haben.» Nacheinander zog er alle fünf Schlüssel wieder heraus und besah sie sich im Scheinwerferlicht. Vor Ungeduld knirschte Tante Roberta mit den Zähnen.

«Jetzt hab ich es!» Erneut steckte Herr Rattenkuhn die Schlüssel in die Schlösser. Und diesmal klappte es: Als die tonnenschwere, gepanzerte Stahltür sich langsam in Bewegung setzte, herrschte Totenstille in der Bankhalle.

«Unter keinen Umständen darfst du den Tresor öffnen!», hörte Bankier Rattenkuhn auf einmal die Stimme Bruno von Klötenknöters in seinem Kopf. Energisch schob er den Gedanken beiseite. Schließlich hatte sein Cousin ja nichts von den Filmarbeiten ahnen können. Geschweige denn davon, dass er, Albert Rattenkuhn, gerade die Rolle seines Lebens spielte.

Einladend weit stand nun die Tresortür offen. Wie magnetisch angezogen, geleitet vom puren Räuberinstinkt, bewegten sich vier Menschen darauf zu: Toni, Edi, Ludwig – und Tante Roberta!

Beim Anblick ihrer gierigen Mienen beschlich Bankier Rattenkuhn nun doch ein leichtes Unbehagen. Rasch stellte er sich in die Tresortür und hob abwehrend die Hände in die Höhe.

«Bedaure», rief er, «ich kann niemand Unbefugten in meinen Tresor lassen. Denken Sie an das Bankgeheimnis!»

«Aber wir müssen uns doch ans Drehbuch halten, Herr Bankdirektor», flötete Toni unschuldig.

«Augenblick mal», rief Regisseur Hamburger dazwischen. «Die drei Schurken sind jetzt gar nicht an der Reihe.» Er zeigte auf Tante Roberta. «Sie ist dran!»

«Ach – Ihre nette Tante spielt auch mit?», fragte Rudolf Flotthammer interessiert.

«Nur beim Bankraub», antwortete Joe Hamburger rasch. «Als – ähm – Statistin.»

Noch immer versperrte Bankier Rattenkuhn den Zugang zum Tresor.

«Ich will da rein!», zischte Tante Roberta Joe Hamburger zu. «Tu was!»

«Wir sind die Banditen», knurrte Toni. «Also gehen wir in den Tresor!»

«Nein», fauchte Joe Hamburger. «Tante Roberta geht!»

«Aber das Bankgeheimnis», beharrte Bankier Rattenkuhn.

Kommissar Pillermeier beschloss zu vermitteln. «Wissen Sie was, Herr Rattenkuhn», er klopfte dem Bankier auf die Schulter, «gehen wir doch einfach alle zusammen in den Tresor. Mit Sheriff Higgledy und Hilfssheriff Piggledy sind Ihre Schätze sicher wie in Abrahams Schoß!»

«Und was ist mit mir?», schnappte Isolde Trimm. «Als weibliche Hauptrolle habe ich wohl ein Recht, bei der Szene dabei zu sein!»

«Aber das Bankgeheimnis», wiederholte Bankier Rattenkuhn unglücklich.

«Mister Rattenkuhn», sagte Regisseur Hamburger sanft, als spräche er zu einem kranken Pferd, «um den Bankraub zu drehen, müssen wir in den Tresor hinein. Verstehen Sie das?»

Langsam nickte Bankier Rattenkuhn – dann gab er die Tresortür frei.

Sofort drängten alle in den kleinen Tresorraum.

Trotz des allgemeinen Durcheinanders hatten drei professionelle Augenpaare in Sekundenschnelle den Tresorinhalt erfasst.

«Das Graben hat sich gelohnt», flüsterte Toni. «Siebenundzwanzig Sparstrümpfe, vierzehn Porzellansparschweine – und das Geheimrezept für Metzger Reichlebers Extrawürste!»

«Dafür wird der Gute ein stattliches Lösegeld berappen», gluckste Edi.

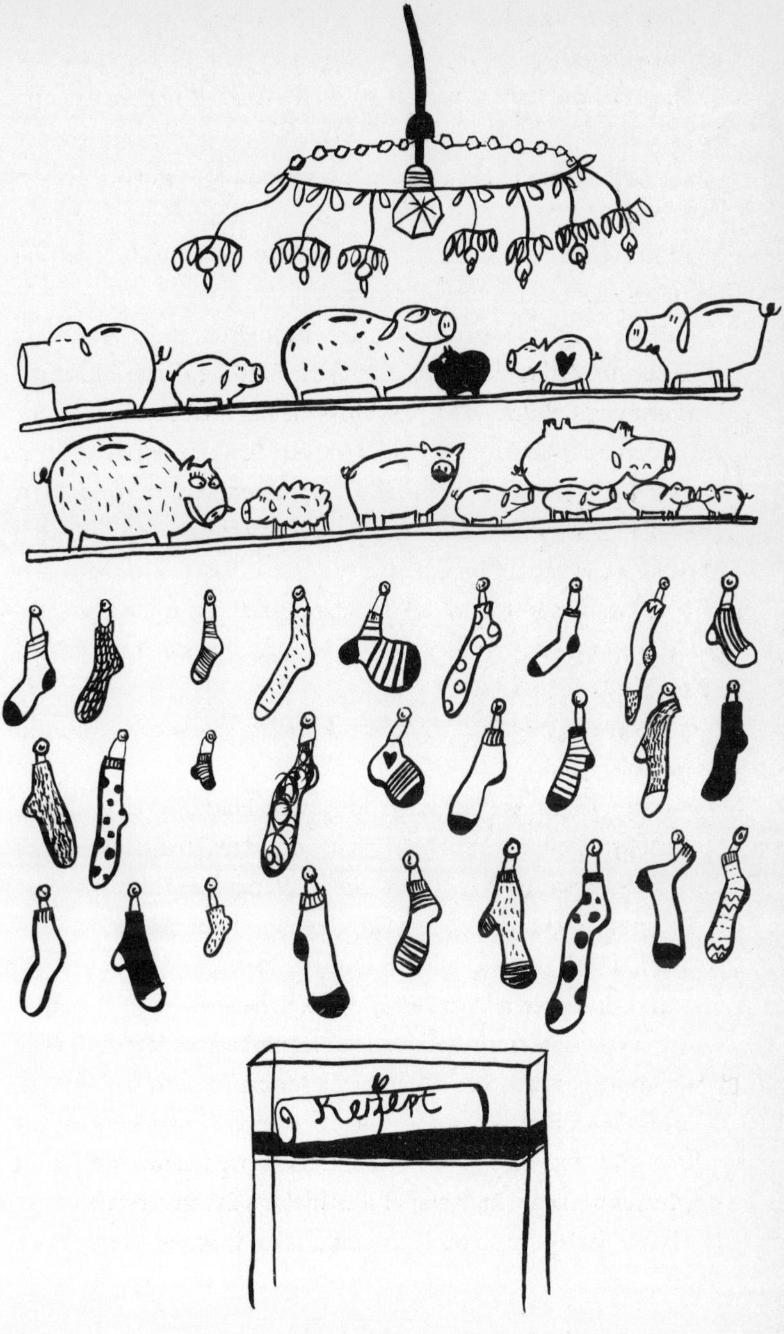
Rezept

Ein weiteres professionelles Augenpaar blickte weit weniger zufrieden. «Es ist ja nun wirklich ein erfreulich ordentlicher Tresor», murmelte Tante Roberta beim Anblick der säuberlich aufgereihten Sparstrümpfe und -schweine. «Aber wo um alles in der Welt sollen hier Diamanten sein?»

Auch Regisseur Hamburger und Shorty schauten sich fast die Augen aus. «Keine Juwelen», flüsterte Joe Hamburger ungläubig. «Was hat Onkel Herbert mir bloß erzählt?»

Nur Kommissar Pillermeier war begeistert. «Alle Achtung, Herr Rattenkuhn», sagte er. «Ihr Tresorraum – vom Feinsten. Die rote Samttapete, die Mahagoniregale, die Messinghaken: Sie haben Geschmack! Sagen Sie – den Kristalllüster haben Sie nicht zufällig in der wunderbaren Fundgrube bei Sven von Elch gekauft?»

Wie vom Donner gerührt starrte Bankier Rattenkuhn auf den funkelnden Kronleuchter an der Decke, den er soeben zum ersten Mal in seinem Leben erblickte. Nur mühsam konnte er den Blick wieder abwenden.

«Ganz wie Sie sagen, Herr Kommissar», krächzte er. «In der Fundgrube.»

«Ich wusste es», entgegnete der Kommissar zufrieden. «Auch ich habe dort schon manchen Schatz gehoben. Wenn ich nur an diesen wunderbaren Hirsch in Öl denke … Diese Fundgrube ist ein wahrer Hort an Wohnjuwelen!»

Juwelen! Wie elektrisiert hob Tante Roberta den Kopf. Sie beherrschte zwar keine einzige Fremdsprache – wichtige Fachausdrücke jedoch verstand sie in allen Sprachen der Welt. «*Juwelen!*» Wie eine Raubkatze, die Witterung aufgenommen hat, näherte sie sich dem Kristalllüster.

Mittlerweile starrten alle Anwesenden zur Decke, und Toni, Edi und Ludwig wären keine ausgekochten Räuber gewesen, hätten sie nicht sofort die Gunst der Stunde genutzt: In atemberaubender Geschwindigkeit verschwand ein Geldstrumpf nach dem anderen in Tonis Rucksack. Sparschweine und Geheimrezept wanderten hinterher.

«Das klappt ja wie am Schnürchen», flüsterte Toni zufrieden.

«Das soll ein anständiger Coup sein?», maulte Edi leise. «Erst brauchen wir keine Knarren, und jetzt muss ich nicht mal den Sprengsatz zünden.»

«Was ist mit dem Lüster?», fragte Ludwig leise.

«Lohnt nicht», sagte Toni verächtlich. «Plunder aus Sven von Elchs Fundgrube. Dafür interessiert sich kein Mensch!»

Womit er sich gründlich getäuscht hatte – denn in diesem Augenblick schlug Tante Roberta zu: Wie eine Pantherin sprang sie auf die Schultern eines der Kameramänner, riss den Kronleuchter von der Decke und landete katzengleich mit der Beute auf dem Boden. Dann schlängelte sie sich geschickt durch alle Beine hindurch aus dem Tresor. Draußen löste sie ohne zu zögern den Schließmechanismus aus.

Toni merkte als Erster, was los war. «Achtung, die Tür geht zu!», brüllte er. «Schnell raus hier!»

Doch zu spät: Schon war die schwere Panzertür ins Schloss geglitten.

Seelenruhig zog Rob Robber auf der anderen Seite der Tür ihr Tupfenkleid aus; darunter trug sie den schwarzen Katzendress. Dann hielt sie den Kronleuchter an einen der Scheinwerfer. Im dämmrigen Tresorraum hatten die geschliffenen Steine noch wie einfaches Glas gewirkt – jetzt im Scheinwerferlicht erwachten sie zu sprühendem Leben. Vor allem der hühnereigroße Stein in der Mitte des Leuchters erstrahlte in geradezu überirdischem Glanz.

«Der Lumpior!», flüsterte Rob Robber andächtig. Dann stopfte sie den Lüster ohne weitere Umstände in den grünen Rucksack, der in einer Ecke stand.

«Ein schöner Coup», murmelte sie. «Ruhig, hygienisch – und ganz ohne Blutflecken!» Sie schulterte den Rucksack. «Bye-bye, meine Lieben», rief sie lächelnd der Tresortür zu, «haltet die Ohren steif – und geht schön sparsam mit der Luft um!»

Damit verschwand sie … in der *Damentoilette*.

Im Innenraum des Tresors war es so eng, dass man sich nicht umdrehen konnte – und stockfinster.

«Nehmen Sie gefälligst den Ellenbogen aus meinem Ausschnitt», fauchte Isolde Trimm.

«Darf ich fragen, meine Dame, mit wem genau Sie gerade sprechen?», fragte Ludwig galant.

«Wo ist Winzgrim?», hörte man Rudolfs besorgte Stimme. «Wird vielleicht zufällig gerade jemand gebissen?»

«Wir werden allesamt ersticken», jammerte Bankier Rattenkuhn. «Dieser Tresor ist schall- und luftdicht.»

«Alle mal herhören», rief Kommissar Pillermeier. «Ich muss Sie um Ihre Aufmerksamkeit bitten: Ich habe einen Plan.»

Assistent Flotthammer sog hörbar die Luft ein.

«Genau das sollen Sie nicht tun!», tadelte sein Chef in der Finsternis. «Luft sparen heißt die Devise. Wenn wir uns beim Atmen abwechseln, reicht die Luft doppelt so lang.»

«Genial, Chef», flüsterte Rudolf Flotthammer bewundernd.

Der Kommissar war ganz Herr der Situation. «Wir bilden zwei Mannschaften», kommandierte er. «Bei eins atmet die Erste, bei zwei die andere. Auf mein Kommando: Eins, zwei, eins, zwei …»

Während alle geräuschvoll ein- und ausschnauften, flüsterte Toni in die Dunkelheit: «Edi, kannst du mich hören?»

Edis Stimme war ganz nah. «Ja, Boss.»

«Wir haben keine Wahl: Lass einen Sprengsatz hochgehen!»

«Was ist mit dem Elektroschutzschild?»

«Hat Herr Rattenkuhn vorhin ausgeschaltet.»

«Dann ist alles klar, Boss. Duckt euch!»

«Wer hat da eben gesprochen?», fragte Kommissar Pillermeier argwöhnisch – doch bereits im nächsten Augenblick tat es einen ohrenbetäubenden Schlag.

Kommissar Pillermeier bekam einen derartigen Kinnhaken verpasst, dass er in hohem Bogen aus dem Tresor flog und rittlings auf dem Banktresen landete. Auch die übrigen Tresorinsassen sahen leicht lädiert aus: Rudolf Flotthammer lag am Boden, Arm in Arm mit einer der Filmkameras, wobei sich die Filmstreifen dekorativ um seine Ohren ringelten. Gleich hinter Rudolf thronte Isolde Trimm auf dem armen Bankier Rattenkuhn. Regisseur Hamburger trug aus unerfindlichen Gründen Peggys blonde Lockenperücke, Shortys ohnehin fadenscheiniges Jackett hing in Fetzen an ihm herunter. Der Tresor selbst hatte sich in ein 3-D-Puzzle mit mindestens tausend Teilen verwandelt. Nur die Rückwand war aufrecht stehen geblieben.

Ungeschoren davongekommen waren allein die drei Räuber.

«Tja, Freunde», grinste Edi beim Anblick der verdatterten Gesichter. «Mal wieder die Nasen zu hoch gehalten. Flach hinlegen heißt die Devise beim Sprengsatz!»

«Sprengsatz?», fragte Kommissar Pillermeier scharf. «Was hat das zu bedeuten?»

«Kein Grund zur Aufregung, Sheriff!» Toni setzte ein besänftigendes Lächeln auf. «Mein Kollege hat immer einen kleinen Sprengsatz in der Tasche.» Nach kurzem Überlegen setzte er hinzu: «Er ist Ortsvorsitzender des Bomben- und Böllervereins.»

«Bomben- und Böllerverein?» Sofort vergaß Kommissar Pillermeier das Chaos um sich herum. «Das wäre mal ein Club für mich.» Schnell kletterte er vom Tresen, um Edi inmitten der Trümmer die Hand zu schütteln. «Schicken Sie doch bitte gleich morgen ein Aufnahmeformular an die Polizeiwache.»

Entgeistert glotzte Edi den Kommissar an. «Dir schick ich höchstens noch einen kleinen Spreng...» Mit dem Ellbogen rempelte Toni ihn zur Seite. «Das macht er gerne», sagte er mit ausgesuchter Höflichkeit.

«Warum ist die Tresortür eigentlich plötzlich zugefallen?», fragte Assistent Flotthammer, der sich mittlerweile aus der Filmspule ausgewickelt hatte.

«Das», sagte Kommissar Pillermeier gewichtig, «werden unsere Nachforschungen ans Licht bringen. Jedenfalls», und damit schüttelte er dem verdatterten Edi erneut die Hand, «darf ich mich im Namen aller schon einmal bei unserem heldenhaften Retter bedanken!»

Ludwig warf einen Blick auf Tonis prall gefüllten Rucksack. «Boss», flüsterte er, «lass uns die Beute ins Lager schaffen. Nicht dass unsere Herren Kriminalspezialisten noch darüber stolpern – ganz aus Versehen.»

«Du hast Recht», raunte Toni zurück. «Tauchen wir ab!»

Während Kommissar Pillermeier erfolglos in Sheriff Higgledys Lederhosen nach seinem Notizbuch suchte, verschwanden die drei Räuber … in der *Herrentoilette.*

In der Zwischenzeit wühlte Bankier Rattenkuhn hektisch in den Trümmern des Tresors. «Irgendwo muss der Leuchter doch sein», murmelte er.

«Vermissen Sie etwas, Herr Rattenkuhn?», fragte Assistent Flotthammer.

«Meinen Kristallleuchter», erwiderte der Bankier. Vor Aufregung merkte er nicht einmal, dass ihm sein Toupet schräg in die Stirn gerutscht war.

«Schade um das schöne Stück», nickte Kommissar Pillermeier verständnisvoll. «Aber sagen Sie, Herr Rattenkuhn», er nahm die traurigen Überreste des Tresors in Augenschein, «hatten Sie nichts wirklich Wertvolles in Ihrem Tresor?»

«Geldstrümpfe, Sparschweine und ein Dokument», zählte der Bankdirektor geistesabwesend auf. «Ist alles an der hinteren Wand deponiert.»

«Rudolf, überprüfen Sie das», befahl der Kommissar.

«Da gibt's nichts mehr», meldete Rudolf kurz darauf. «Nur leere Haken.»

Von hinten tippte Joe Hamburger Shorty auf die Schulter. «Lass uns verschwinden», flüsterte er nervös. «Ich habe keine Lust auf dumme Fragen.»

«Glaubst du, Rob Robber steckt hinter der Sache?», fragte Shorty leise.

«Da kannst du Gift drauf nehmen», antwortete Joe Hamburger grimmig. «Von Anfang an hat sie falsch gespielt – die liebe Tante Roberta. Doch ihr Happy End hat sie ohne die Regie gemacht!» Er packte Shorty am Ärmel. «Komm jetzt, solange alle noch abgelenkt sind.»

Unauffällig verschwanden beide in der Herrentoilette.

Kommissar Pillermeier merkte von alledem nichts. «Rudolf»,

verkündete er wichtig, «wir schreiten jetzt zur Zeugenbefragung.»

«Ähm – Herr Kommissar», stirnrunzelnd blickte Rudolf sich um, «welche Zeugen wollen Sie denn eigentlich befragen?»

Die Frage war berechtigt – stand doch nur mehr ein sehr eingeschränkter Personenkreis zur Verfügung: Studienrätin Trimm, Bankier Rattenkuhn und acht amerikanische Filmleute – die mangels Sprachkenntnissen nicht befragt werden konnten.

«Wo sind sie denn alle hin?» Kommissar Pillermeier stand vor einem kompletten Rätsel. «Regisseur Hamburger, Filmassistent Shorty, diese drei brutalen Schönlinge und Tante Roberta?»

«Mein kleiner Winzgrim ist auch verschwunden», stellte Rudolf kläglich fest. «Hoffentlich ist er bei der lieben, alten Tante Roberta. Die passt sicher gut auf ihn auf.»

Hund aus dem Sack

Wie war es der lieben Tante Roberta in der Zwischenzeit ergangen? Schneller als jeder Präriehund war sie durch den Fluchttunnel gehastet – um an seinem Ende einigermaßen fassungslos nach Luft zu ringen: Vor ihr stand nicht der Hubschrauber, sondern ein stattliches Fachwerkhaus.

Was hatte das zu bedeuten? Wo war das Fußballfeld geblieben?

Ihr Blick fiel auf das glänzende Messingschild am Hauseingang. «Amputationen», entzifferte sie. Mehr verstand sie nicht – doch beim Anblick von Tonis Knochenaxt-Logo fuhr ihr der Schrecken in die Glieder. Pfui Teufel! Da drinnen schwamm bestimmt alles von Blut!

Wo war sie nur gelandet?

«Es muss zwei Tunnel geben – und ich habe den falschen erwischt», schoss es ihr durch den Kopf. «Nichts wie zurück!»

Entschlossen schulterte sie ihren Rucksack und raste durch den Tunnel zurück. Auf halbem Wege hörte sie ein dumpfes Krachen, rannte jedoch unbeirrt weiter und tauchte folgerichtig wieder in der Damentoilette auf. Vorsichtig öffnete sie die Tür einen Spaltbreit – und glaubte zu träumen, als sie Joe Hamburger, Shorty und alle anderen gesund und munter vor den Trümmern des Tresors stehen sah.

Wie hatten diese Greenhorns das bloß geschafft? Die Sache drohte gründlich aus dem Ruder zu laufen. Höchste Zeit, mit der heißen Ware abzuhauen!

Doch gleich darauf schnappte Rob Robber noch einmal verblüfft nach Luft: Direkt vor ihrer Nase verschwanden die drei blonden Schurkendarsteller im benachbarten Herrenklo.

«Sieht ganz so aus, als ob die Herren nicht nur vom Filmfach Ahnung hätten», murmelte sie. Regungslos verharrte sie am Türspalt, bis Joe Hamburger und Shorty etwa fünf Minuten später ebenfalls in die Herrentoilette schlichen.

«Okay, Rob Robber», murmelte sie sich selbst zu. «Drei Provinzganoven und zwei unterbelichtete Filmfritzen an der Nase herumzuführen, dürfte für dich wohl kein Problem sein!»

Und damit verschwand auch sie wie ein schwarzer Schatten in der Herrentoilette – den anderen hinterher.

«Jetzt schlägt's dreizehn!», sagte Edi am anderen Ende des Tunnels. Fassungslos starrte er auf den Fußballplatz mit dem Helikopter. «Dein Haus hat sich in Luft aufgelöst, Toni!»

«Blödsinn!» Toni schlug sich gegen die Stirn. «Wir Idioten – wir sind aus Versehen in die Herrentoilette gegangen!»

«Wohin denn sonst?», fragte Edi.

«Erinnere dich, Edi», sagte Toni eindringlich. «An welchem Ort sucht man uns am wenigsten?»

«Moment mal», nachdenklich rückte Ludwig an seinem Cowboyhut, «das würde ja bedeuten, dass es ...»

«... zwei Fluchttunnel gibt, ganz recht», vollendete Toni seinen Satz. «Einen unter der Damen- und einen unter der Herrentoilette.»

«Aber warum?», fragte Edi fassungslos.

«Das», sagte Toni grimmig, «fragen wir wohl am besten die beiden dort!» Er deutete auf Joe Hamburger und Shorty, die in diesem Augenblick aus dem Tunnel auftauchten.

«Was ist das jetzt wieder?», stöhnte Joe Hamburger beim Anblick der drei Räuber. «Wie kommen die hierher?»

«Und wo ist Tante Roberta?» Shorty ließ den Blick über das menschenleere Fußballfeld wandern.

«Shorty, ich fürchte, wir haben ein dringenderes Problem.» Aus schmalen Augenschlitzen beobachtete Joe Hamburger, wie Toni, Edi und Ludwig drohend näher kamen.

«Tss, tss, tss», machte Toni. «Der berühmte Hollywoodregisseur und sein braver Assistent – nichts als miese Ganoven!»

«Und was seid ihr?», knurrte Joe Hamburger. «Ihr wolltet von Anfang an nur die Bank ausrauben!»

«Ihr auch!», gab Toni zurück.

«Ihr habt einen Fluchttunnel gegraben!»

«Ihr auch!»

Wie zwei kampfbereite Hunde umkreisten sich Toni und der Regisseur.

«Ihr habt mit der Schauspielerei nichts am Hut!»

«Ihr habt vom Filmemachen keine Ahnung!»

«Jetzt hast du dich geschnitten», erklärte Joe Hamburger gekränkt. «Ich bin der Regisseur von Meisterwerken wie ‹Rita und die Riesenqualle› oder ‹Tipsi und der Tyrannosaurus Rex›!»

«Dann kannst du hier gleich Stoff sammeln für ‹Kitty im Kittchen› oder ‹Knut im Knast›, sagte Toni kalt. «Wir werden euch nämlich die Polizei auf den Hals hetzen.»

«Lächerlich», entgegnete Regisseur Hamburger verächtlich.

«Euren Provinzcops winke ich einmal mit der Filmkamera zu – schon fressen sie mir aus der Hand. Selbst Schlingfraß XP!»

«Gut», sagte Toni ruhig. «Dann regeln wir eben die Sache hier an Ort und Stelle.» Er begann, die Ärmel seiner Lederjacke zurückzukrempeln.

«Von welcher Sache sprichst du überhaupt?», warf Shorty hitzig ein. «Wir haben euch doch nichts getan!»

«Wir mögen keine Tunnelgräber», knurrte Edi.

«Am allerwenigsten in unserer Stadt», ergänzte Ludwig. «Unter unserer Bank.»

«Deshalb», Toni deutete auf den Helikopter, «werdet ihr jetzt brav in eure Kiste steigen und abschwirren. Denn sonst … Hoppla!», unterbrach er sich selbst erstaunt. «Ja, wen haben wir denn da?»

Er starrte zum Tunnelloch, in dem soeben Rob Robber erschienen war. «Wenn das nicht der Kopf des Trio Infernale ist!»

«Die nette Tante Roberta», sagte Ludwig kopfschüttelnd. «Wer hätte das gedacht? Wollte sie doch glatt ihre Häkeldeckchen gegen Sparstrümpfe austauschen.»

Rob Robber schenkte den drei Räubern nicht die geringste Beachtung. Stattdessen stürzte sie auf Joe Hamburger und Shorty zu und rief im wärmsten Tonfall: «Was bin ich froh, euch gesund und munter zu sehen! Todesängste habe ich um euch ausgestanden.»

«Hör auf mit dem Schmierentheater», knurrte Regisseur Hamburger. «Unsere liebe Tante Roberta hat sich die Diamanten unter den Nagel gerissen und wollte uns kalt lächelnd im Tresor verrecken lassen.»

«Aber es gibt keine Diamanten!», rief Rob Robber im Brustton der Überzeugung. «Dein Onkel hat dir einen Bären aufgebunden.»

Toni ließ Rob Robber nicht aus den Augen. «Ich würde zu gerne verstehen, was die da gerade reden», knurrte er leise.

«So, es gibt also keine Diamanten», sagte Joe Hamburger heiser. «Und was, bitte sehr», er deutete auf Rob Robbers Rucksack, «ist da drin?»

«Nur der Kristalllüster aus dem Tresor», flötete Rob Robber mit Unschuldsmiene. «Wenn schon keine Beute, dachte ich mir – dann wenigstens ein kleines Souvenir. Ich habe ein Faible für dekorativen Hausschmuck!»

«Die Geschichte kannst du Sheriff Higgledy auftischen», Joe Hamburger schnappte sich den Rucksack. «Mir nicht!»

«Bitte», nickte Rob Robber. «Überzeug dich ruhig selbst.»

«Toni, ich habe genug von diesem englischen Gequatsche», brummte Edi ungeduldig. «Geben wir ihnen eins auf die Nase, damit sie endlich verschwinden!»

Auch wenn Rob Robber Edis Worte nicht verstanden hatte – die angriffslustigen Mienen und geballten Fäuste der Räuber waren deutlich genug. Die Beute im Sack, der Fluchthelikopter startbereit, zögerte sie keine Sekunde mehr. In null Komma nichts hatte sie dem verblüfften Joe Hamburger den Rucksack entrissen und war in den Hubschrauber geklettert.

«Den Herren noch ein fröhliches Blutvergießen», rief sie zur offenen Tür hinaus und legte den Starthebel um.

«Tan… Tante Roberta kann die Kiste fliegen», stotterte Shorty, als die Rotoren dröhnend zum Leben erwachten.

«Worauf wartet ihr zwei Waschlappen denn noch?», rief Toni. «Hinterher!»

Hals über Kopf stürzten Joe Hamburger und Shorty zur Helikoptertür.

«Wir kommen mit dir!», keuchte der Regisseur.

Mit einem Ruck drückte Rob Robber den Steuerknüppel nach oben. «Wie ihr wollt!», sagte sie hämisch.

Bevor der Regisseur und sein Assistent sich ins Innere ziehen konnten, war der Hubschrauber schon in der Luft. Rasch gewann er an Höhe.

«Ob sie es schaffen?» Entzückt beobachtete Edi die kleinen Gestalten, die am Helikopter herumkletterten.

«Wartet mal», Toni hatte scharfe Augen. «Jetzt sind sie drin!»

«Da fliegen sie», gluckste Ludwig. «Ohne Beute, ohne Film – fast könnten sie einem Leid tun!»

«Und jeder wird glauben, dass die drei den Tresor ausgeräumt haben», ergänzte Edi zufrieden.

Nachdenklich blickte Toni dem Helikopter hinterher. «Es würde mich schon interessieren», sagte er, «was diese Typen eigentlich hier wollten. Wegen ein paar Sparstrümpfen fliegt man doch kein komplettes Filmteam ein, oder?»

«Filmfritzen», sagte Edi geringschätzig. «Die spinnen doch alle. Wahrscheinlich haben sie im Tresor nach den Kronjuwelen der Königin gesucht. Da lob ich mir doch unsere schönen, soliden Sparstrümpfe», er klopfte auf Tonis Rucksack. «Und jetzt lass uns heimgehen, die Beute zählen.»

«Ich hab mir den Fuß eingequetscht», jammerte Joe Hamburger auf dem Rücksitz des Helikopters. «Verdammt, tut das weh!»

Als Shorty ihm den Schuh herunterzog, biss er stöhnend die Zähne zusammen. «So ist's besser», seufzte er dann erleichtert. «Shorty, jetzt sieh nach, was im Rucksack ist.»

«Lasst eure Dreckfinger von meinem Leuchter», rief Rob Robber von ihrem Pilotensitz aus nach hinten. «Sonst dürft ihr ihn anschließend wieder polieren. Und zwar mit euren Brusthaaren!»

«Kümmere du dich ums Fliegen, falsche Hexe!», gab Joe Hamburger zurück.

Shorty angelte nach dem grünen Rucksack. «Tante Roberta hat den Rucksack der Polizisten erwischt», stellte er fest, während er den Knoten lockerte.

«Ist doch nett», rief Rob Robber nach hinten. «Dann habe ich gleich ein zweites Souvenir.»

«Und noch ein drittes», sagte Shorty entgeistert – denn in diesem Augenblick schoss ein weißschwarzer Blitz aus dem Rucksack – Winzgrim! Mit lautem Jagdgeheul fegte er durch die Kabine – bis er auf seine Lieblingsbeute stieß.

«Autsch! Hilfe!» Regisseur Hamburger sprang von seinem Sitz auf und versuchte verzweifelt, etwas vom großen Zeh seines eh schon lädierten Fußes wegzuschleudern. «Was ist das?»

«Seid ihr da hinten übergeschnappt?» Rob Robber hatte alle Mühe, die Kontrolle über das Steuer zu behalten. «Hat euch der wilde Affe gebissen?»

«Nein, der Polizeiköter», rief Shorty aufgeregt. «Er war im Rucksack.»

«Um Himmels willen – Autsch! – tut doch was!», brüllte Joe Hamburger und schleuderte seinen Fuß gegen den Sitz – mit dem Erfolg, dass Winzgrim sich noch fester in den Zeh verbiss.

«Hört sofort auf!», schrie Rob Robber. Der Hubschrauber war gefährlich ins Trudeln geraten. «Wir stürzen noch ab.»

«Stillhalten, Joe!», brüllte Shorty, während er Winzgrim am Schwanz packte. «Ich krieg ... Moment ... Jetzt hab ich ihn!» Triumphierend riss er das strampelnde Hündchen in die Höhe. «Na warte, du Misttöle», drohte er, «jetzt wirst du ... Autsch! Hör sofort auf zu beißen!»

In Windeseile stopfte er den kleinen Hund in den Rucksack zurück, dann riss er die Luke auf.

«Was machst du da!», schrie Rob Robber nach hinten. «Du wirst doch nicht etwa ... Nein!!!» Doch es war zu spät. In hohem Bogen hatte Shorty Hund, Rucksack – und den Kronleuchter! – hinauskatapultiert.

Im nächsten Augenblick fiel der Hubschrauber wie ein Stein vom Himmel.

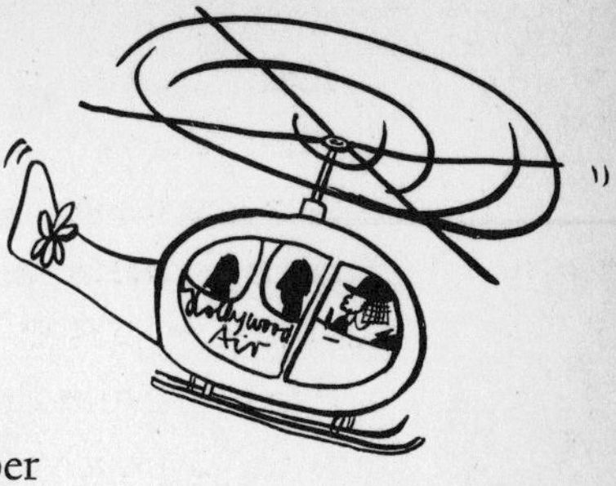

«Um Himmels willen», heulte Joe Hamburger auf. «Haben wir einen Motorschaden?»

Statt einer Antwort drückte Rob Robber den Steuerknüppel noch weiter nach unten.

«Bist du verrückt geworden?», brüllte Joe Hamburger. «Willst du jetzt vielleicht den Polizeiköter retten?»

«Noch eine dumme Frage», sagte Rob Robber heiser, «und du lernst den großen Bruder meiner Teufelskralle kennen.»

Vor ihrem Sichtfenster wirbelte der grüne Rucksack durch die Luft. Hund und Kronleuchter waren herausgepurzelt, jedoch derartig in die Kordel verheddert, dass sie am Rucksack hängen blieben. Wie ein kleiner Fallschirmspringer fiel Winzgrim zur Erde – allerdings mit schätzungsweise zehnfacher Geschwindigkeit.

«Tante Roberta!», brüllte Shorty entsetzt. «Zieh die Kiste hoch! Wir sind fast unten!»

Tatsächlich konnte man bereits Dachziegel, Straßenpflaster und die nach oben gewandten Gesichter der Menschen unterscheiden, die aufgeregt auf den Helikopter deuteten.

Noch einmal beschleunigte Rob Robber den Sturzflug.

«Aber … da stehen Leute …», keuchte Joe Hamburger.

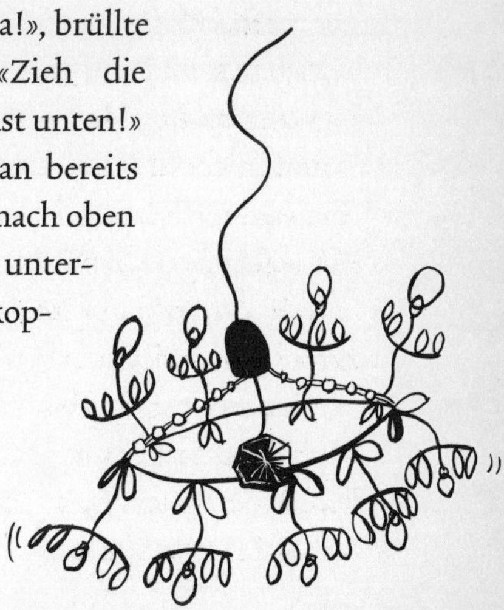

«Egal», Rob Robber war vor Gier fast von Sinnen. «Ich will den Leuchter!»

Nur eine Armlänge unter ihr sauste der Rucksack mit dem daran baumelnden Leuchter und dem zappelnden Winzgrim zur Erde.

«Nein», stöhnte Rob Robber plötzlich auf. «Bitte! Das ist einfach nicht wahr!»

Direkt unter dem Helikopter standen zwei Männer: der eine klein und korpulent, der zweite lang und dünn. Beide trugen Sheriffsterne, beide blickten mit entgeisterter Miene auf den Helikopter. Beide blieben wie erstarrt stehen, als der Rucksack direkt auf sie zufiel. Gleich würde er sie erschlagen!

Da hechtete in der allerletzten Sekunde von hinten eine hellblonde Lady im Rüschenkleid heran, benutzte den kleinen, korpulenten Sheriff als Sprungbrett – und fing den Rucksack sicher in ihren Armen auf.

Im selben Augenblick endete der Sturzflug des Helikopters. Keine zwanzig Zentimeter über den Köpfen der Leute stoppte er, verharrte wie unschlüssig – und begann wieder zu steigen.

«Du liebe Zeit – wo haben diese Amerikaner denn das Fliegen gelernt?», beschwerte sich Isolde Trimm. «Wahrscheinlich bei den Dreharbeiten zu ‹Wilma und die Windhose›! … Und Sie», herrschte sie Rudolf an, als sie ihm den Rucksack überreichte, «sollten Ihren Hund besser an der Leine spazieren führen!»

«Winzgrim!» Glückstrahlend wickelte Rudolf sein Hündchen aus den Schnüren und drückte es an seine Brust – wobei es ihn gar nicht störte, dass Winzgrim ihm im freudigen Überschwang kräftig in die Nase biss. «Frau Studienrat», sagte er mit tränenden Augen, «Sie waren einsame Klasse. Das vergesse ich Ihnen nie!»

«Na, na», mischte sich Kommissar Pillermeier ein. «Keine unnötigen Lobhudeleien, Rudolf. Ein höchst überflüssiger Körpereinsatz, wenn Sie mich fragen.» Er rieb sich den Nacken, auf den Isolde Trimm gesprungen war. «Die kleine Misttöle hätte ich locker selbst aufgefangen.»

«Eins muss man Ihnen lassen, Herr Kommissar», sagte Studienrätin Trimm anerkennend, «Ihre Nackenmuskeln sind eine Wucht. Wenn Ihr Bizeps so stark wäre wie Ihr Nacken, könnten Sie jeden Schurken glatt in der Luft verhungern lassen.»

Interessiert musterte Assistent Flotthammer seinen Chef von oben bis unten. «Herr Kommissar», flüsterte er, «wo haben Sie einen Bizeps?»

Der Kommissar ignorierte ihn. «Nun ja», brummelte er geschmeichelt in Isolde Trimms Richtung. «Man tut, was man kann. Ich will nicht prahlen, aber ich mache doch jeden Tag meine Stemmübungen.»

«Stemmübungen?», fragte Studienrätin Trimm beeindruckt.

«Stemmübungen?», fragte auch Assistent Flotthammer, sobald Isolde Trimm außer Hörweite war. «Was stemmen Sie denn?»

«Sie stellen vielleicht Fragen, Rudolf», entgegnete Kommissar Pillermeier. «Das *Polizeichefmagazin* wird von Jahr zu Jahr schwerer.»

Während sich unten auf der Erde alles zum Guten gewendet hatte, herrschte dreihundert Meter weiter oben dicke Luft.

«Blutige Krätze!», fluchte Rob Robber. «Verdammter Bockmist! Stinkender Wurmhaufen! Elende ...»

Joe Hamburger hätte es nicht für möglich gehalten, dass eine ältere Lady mit Hygienetick ein solches Repertoire an üblen Flüchen beherrschen könnte. Im Geiste notierte er sich einige – die er in seinem nächsten Streifen «Roberta und die Räuberbande» einbauen wollte.

«Die Diamanten waren am Leuchter», sagte er, als Rob Robber sich endlich heiser geflucht hatte, «habe ich Recht?»

Rob Robber ließ den Hubschrauber in der Luft um die eigene Achse kreisen. Mit ohnmächtiger Wut beobachtete sie, wie Kommissar Pillermeier den Kristalllüster aufhob und sorgfältig abputzte.

«Aber nein, lieber Joe», sagte sie grimmig. «Das Teil hätte nur ganz wunderbar in meine Essecke gepasst.» Resigniert drückte sie den Steuerknüppel nach oben. «Hauen wir ab! Nächste Woche habe ich ein paar dringende Bankbesuche zu machen.»

«Die fliegen weg», sagte Rudolf fassungslos, als der Helikopter langsam den Blicken entschwand. «Aber was ist mit dem restlichen Filmteam? Und was wird aus ‹Sheriffs, Schurken, scharfe Schüsse›? Ihre Schlägerei steht doch noch aus, Herr Kommissar. Und auch ...», er räusperte sich, «die Liebesszene.»

«Rudolf, Ihre Ohrenfarbe scheint mir ungesund», bemerkte der Kommissar mit Blick auf die rot glühenden Ohren seines Assistenten. «Wer hätte gedacht, dass dieser Regisseur nichts als ein übler Bankräuber ist!»

«Dabei hatte er eine so nette Tante», sagte Rudolf bekümmert.

«In jedem Fall werde ich mit dem FBI Verbindung aufnehmen», beschloss der Kommissar. Mit glänzenden Augen fuhr er fort: «Wir werden eine internationale Ringfahndung nach unseren Sparstrümpfen ins Leben rufen – mit mir als Koordinator. Rudolf – ungeahnte Möglichkeiten tun sich auf! Aber jetzt kommen Sie», er hob den Kristalllüster in die Höhe, «bringen wir erst einmal Herrn Rattenkuhn sein schönes Stück zurück. Das wird ihn freuen – der Ärmste ist ja ganz aus dem Häuschen.»

«Ganz aus dem Häuschen» war eine milde Untertreibung. «Kurz vor dem Nervenzusammenbruch» traf die Sache eher.

Nachdem alle davongeeilt waren, war Bankier Rattenkuhn

allein in der Bank zurückgeblieben. «Bruno wird mich den Dackeln der Königin zum Fraße vorwerfen», murmelte er immer wieder und stocherte verzweifelt in den Tresortrümmern herum – bis er ein Motorengeräusch vernahm.

«O nein», flüsterte Herr Rattenkuhn, «nicht jetzt!»

Schnell hastete er nach oben und fand seine schlimmsten Ahnungen bestätigt: Vor der Bank stand die große dunkle Limousine mit dem königlichen Wappen.

Herr Rattenkuhn wurde weißer als die Wand. Hätte er etwas von den Tunneln unter seinen Kundentoiletten geahnt – mit Sicherheit wäre er in einem von ihnen abgetaucht.

«Oh, lieber Bruno», stammelte er, als der vornehme Haushofmeister aus dem Wagen stieg. «Dein Besuch ist ... wie immer sehr erfreulich, nur ... ein klein wenig ... ungünstig im Augenblick.»

«Wir stören bestimmt nicht lange», erwiderte Herr von Klötenknöter jovial. «Wir wollen dich nur von den deponierten – äh, Gegenständen befreien. Der Umbau der Schatzkammer ist über die Bühne.» Er seufzte erleichtert.

«Ja ... natürlich», stammelte Bankier Rattenkuhn. «Und sonst ... äh ... alles wohlauf?» Er sprach wie ein Schlafwandler. «Die Königin ... die Dackel?»

«Albert», fragte der Haushofmeister. «Geht es dir nicht gut?»

«Doch, doch», versicherte Herr Rattenkuhn kläglich. «Blendend.»

«Hättest du die Freundlichkeit, uns jetzt den Tresor aufzusperren?», fragte Bruno von Klötenknöter, während er seine Männer herbeiwinkte. Mit einem verschmitzten Lächeln fügte er hinzu: «Du wirst Augen machen, was für eine Tarnung sich meine Leute ausgedacht haben! Nicht im Traum kommst du darauf!»

«Nein. Ja. Bestimmt nicht», krächzte Bankier Rattenkuhn. «Ich ... ich geh dann mal ... voraus.»

Mit zittrigen Knien führte er seinen Cousin und die königlichen Beamten in die Bank. Als er die Rauchschwaden im Treppenhaus sah, kniff er vor lauter Angst die Augen zusammen. Auch als sein Cousin fragte: «Albert, was ist los, wolltest du nicht vorgehen?», hielt er sie fest geschlossen. Erst als ein feines Klingeln an sein Ohr drang und eine Stimme sagte: «Herr Rattenkuhn, wollen Sie sich nicht ansehen, was uns zugeflogen ist?», öffnete er sie zaghaft wieder.

Sein erster Blick fiel auf Kommissar Pillermeier, sein zweiter auf den Diamantleuchter in seinen Händen.

«Aber das ist nicht möglich», sagte er fassungslos. «Das ist ganz und gar unmöglich! Herr Kommissar – ich glaube, ich muss Sie küssen!»

Und damit fiel er Kommissar Pillermeier um den Hals.

«Na, na, Herr Rattenkuhn», wehrte der Kommissar verlegen ab. «Sie hängen ja noch mehr an ihren Möbeln als ich – und das will etwas heißen. Wenn Sie möchten, können wir gerne einmal Sven von Elchs Fundgrube gemeinsam aufsuchen!»

«Das tun wir, Herr Kommissar», sagte Bankier Rattenkuhn selig.

Happy End

Am nächsten Tag flog auch das restliche Filmteam zurück nach Amerika.

«Da fliegen sie davon», seufzte der Kommissar, «mit unseren Filmaufnahmen. Ich bin ja mal gespannt, was die in Hollywood daraus machen.»

«Vielleicht eine Fernsehserie», sagte Rudolf Flotthammer.

«Auch nicht schlecht», nickte der Kommissar. «‹Sheriffs, Schurken, scharfe Schüsse› in achtundachtzig Folgen. Also, ich würde mir das gerne ansehen!»

Als sie auf dem Rückweg vom Fußballplatz am Hotel «Zum rostigen Posthorn» vorüberkamen, stand die Wirtin mit einem blauen Plastiksack vor der Tür.

«Den hab ich im Zimmer der Filmleute gefunden», sagte sie. «Ich wollte ihn schon wegwerfen, doch vielleicht interessiert es Sie ja ...»

Rudolf Flotthammer beugte sich über den Sack.

«Filmspulen, Herr Kommissar», meldete er erstaunt. «Unser Film», fügte er hinzu, als er die Aufschrift gelesen hatte.

«Ist es die Möglichkeit!», rief der Kommissar entsetzt. «Jetzt haben die Filmleute glatt unsere Aufnahmen vergessen! Schwarz ärgern werden die sich!»

Nachdenklich drehte Assistent Flotthammer den Plastiksack um.

«Für Ihren Restmüll. Danke – die Hotelleitung», stand klein gedruckt hinten drauf.

«Na ja», seufzte er leise. «Zumindest ende ich nicht als ‹Rudolf und das rotnasige Rentier›.»

«Rudolf», rief der Kommissar neben ihm plötzlich aus, «ich habe einen großartigen Plan!»

«Aber Herr Kommissar», sagte Rudolf entgeistert, «die Explosion hat doch schon stattgefunden.»

Doch der Kommissar war in seiner Begeisterung nicht zu bremsen. «Wir lassen ‹Sheriffs, Schurken, Scharfe Schüsse› auf unserem Filmprojektor laufen», sagte er mit leuchtenden Augen, «und laden die ganze Stadt dazu ein! Rudolf, wir werden die besten *Public Relations* aller Zeiten haben!»

«Irgendwie habe ich die Nase voll von dem amerikanischen Zeug, Chef», wandte Rudolf ein. «Tun es nicht auch belegte Schnittchen?»

Drei Tage später hingen an jeder Straßenecke des kleinen Städtchens leuchtend rote Plakate.

TFDP – eine Aktion Ihrer Kriminalpolizei.

Traum-Film: Die Party
‹Sheriffs, Schurken, scharfe Schüsse›

Einladung zur Premierenfeier im Garten der Polizeiwache.
Für Speisen und Getränke ist bestens gesorgt.
Alle Einnahmen zugunsten der Bankraubgeschädigten!

Eine Garten-Filmparty! So etwas hatte es im Städtchen noch nie gegeben. Kein Wunder, dass die Leute in Scharen und in ihren feinsten Kleidern zur Filmpremiere strömten. Letzteres bereuten sie schnell, wachte doch Polizeihund Winzgrim am Gartentor und testete mit großer Ausdauer die Haltbarkeit von Hosenbeinen und Rocksäumen. Doch abschrecken ließ sich davon niemand: Längst waren alle Bänke besetzt – und noch immer eilten Gäste herbei. Als Isolde Trimms Mädchenklasse vollzählig am Gartentor erschien, lief Rudolf tomatenrot an und versteckte sich schnell hinter Kommissar Pillermeier. Sogar die hundertjährige Eugenie Vogelsang saß in der Menge: Ihr Pfleger hatte kurzerhand einen Kurzschluss am Fernseher vorgetäuscht.

Auf einem alten Harmonium, das Herr Klimper gestiftet hatte, spielte Musiklehrer Udo Zwitscherling schwungvolle Stummfilmmelodien. Die langen Gartentische bogen sich förmlich unter belegten Schnittchen und Schokoladentorten in Pistolenform, die Rudolf diesmal glänzend gelungen waren. Das Allerbeste jedoch waren Rudolfs neue Teekreationen: *Hollywood* – aus Palmwedeln und getrocknetem Champagner, und *Die Rose des Wilden Westens* aus Rosenblättern, grünen Apfelschalen und einem Kaktusstachel.

«Dieser Tee schmeckt erstaunlich gut», stellte Isolde Trimm im Vorbeischlendern fest. «Sie haben ihn doch nicht etwa nach mir benannt?»

«Nicht ich, Frau Studienrat», sagte Rudolf strahlend. «Der Herr Kommissar hat den Namen vorschlagen.»

«Aha», machte Studienrätin Trimm interessiert.

«Nun sehen Sie doch», entzückt deutete Rudolf auf Winzgrim, der aufrecht mit einem Schnittchen im Maul auf sie zukam, «er will sich bestimmt bei Ihnen bedanken. Greifen Sie zu», lud er Isolde Trimm ein. «Die Käseherzen habe ich selbst ausgestochen.»

Mit nur unmerklichem Zögern nahm Studienrätin Trimm das Käseschnittchen aus dem Hundemaul. «Vielen Dank, Herr Polizeiassistent», sagte sie herzlich.

Auf einer Bank gleich neben dem Filmprojektor saßen die drei auffallend blonden Schurkendarsteller.

«Bis du übergeschnappt, Edi?», zischelte Toni. «Du hast die Sparstrümpfe angezogen!»

«Na und?» Mit einem breiten Grinsen zeigte Edi seine geringelten Socken vor. «Kein Mensch wird uns verdächtigen. Vergiss nicht, wir sind Ehrengäste.»

«Wir drei zu Gast bei der Polizei», sagte Toni kopfschüttelnd. «Dass ich das noch erleben muss!»

«Hoffentlich bekomme ich keinen allergischen Ausschlag!» Besorgt strich Ludwig sich über das gebräunte Kinn.

«Eitler Geck!» Unsanft rempelte Edi ihn an. «Wer wollte sich denn unbedingt im Film bewundern? Vom mir aus hätten wir heute Abend ruhig Dietriche zufeilen können!»

Am Zaun der Polizeiwache war eine nagelneue und extragroße Leinwand aufgebaut: eine großzügige Leihgabe von Herrn Kabelreiß, der seinen einwöchigen K.o.-Tropfen-Schlaf gut überstanden hatte und nun wie alle anderen gespannt auf die Filmaufnahmen wartete.

Drinnen in der Polizeiwache legte Rudolf Flotthammer letzte Hand an den Projektor – doch noch war es nicht so weit: Zur Freude aller Anwesenden hatte Kommissar Pillermeier eine kleine Ansprache vorbereitet.

«Sheriffs, Schurken, scharfe Schüsse», sprach er bedeutungsvoll, «ist unvollendet, aber dennoch ein Filmjuwel. Danken wir dem Retter der Probeaufnahmen, der keine Mühen gescheut hat, das Meisterwerk auf die Leinwand zu bringen. Danken wir also ... ähm ... dem Leiter der hiesigen Polizeiwache!»

Während alle Gäste pflichtschuldig applaudierten, richtete Rudolf den Projektor auf die Leinwand und drückte den Startknopf.

Und dann war auch schon das erste Bild zu erkennen: Schwarz, haarig, achtbeinig und riesengroß krabbelte etwas quer über die Leinwand.

«Pfui Spinne!», rief Isolde Trimm. «Was ist denn das für eine Szene?»

«Das ist nicht der Film», erklärte Assistent Flotthammer seelenruhig. «Das ist Elvira, unsere Mörderspinne. Die ist echt!»

Die Panik, die er mit seinen Worten auslöste, legte sich erst wieder, als er Elviras Glaskasten von der Fensterbank nahm und für alle gut sichtbar in die Höhe hielt.

«Ich hatte noch gar keine Filmspule eingelegt», sagte er entschuldigend. «Aber», und damit drückte er erneut auf den Einschaltknopf, «jetzt geht's los!»

Gebannt starrten alle Bewohner des Städtchens auf die Leinwand. Doch es blieb beim Tierfilm: Die erste Einstellung zeigte minutenlang ein rosiges Hundemaul.

«Sehen Sie doch, Herr Kommissar», sagte Assistent Flotthammer gerührt. «Das war, als Winzgrim sich in die Kamera verbissen hat.»

«Nun machen Sie schon weiter, Rudolf!» Unbehaglich ruckelte der Kommissar auf seinem Stuhl.

Seine Stimmung verbesserte sich nicht gerade, als er sich zum ersten Mal als Sheriff Higgledy auf der Leinwand sah.

«Dieser Kameramann muss die Filter verwechselt haben»,

knurrte er beim Anblick der kugelrunden, kurzbeinigen Gestalt mit Sheriffhut. «Das ist kein Längs-, sondern ein Querfilter!»

«Warum sehe ich dann ganz normal aus?», fragte Assistent Flotthammer fröhlich.

Das Lachen indes sollte ihm schnell vergehen. In der nächsten Sequenz sah man – leinwandfüllend! – eine Nase. Eindeutig Rudolfs Nase, und ebenso eindeutig war es sein Zeigefinger, der gerade im Nasenloch verschwand.

«Schämen Sie sich, Rudolf!», knurrte der Kommissar.

Nach einer netten Einlage, bei der Alois Sternblau mit seiner Federkrone quer durchs Bild torkelte, konnte man die drei Blondschöpfe bewundern, die in einer Ecke die Köpfe zusammensteckten.

«Woher kenne ich nur Ihre Gesichter?», grübelte Fernsehhändler Kabelreiß.

«Vielleicht aus einem unserer Filme», flunkerte Toni rasch. «Wir haben schon bei vielen Produktionen mitgewirkt.»

«Immer als Ganoven», ergänzte Edi.

«Jetzt hab ich's», strahlte Herr Kabelreiß. «‹Verbrecher nebenan›. Die Fernsehreihe aus dem wirklichen Leben. Hinter dem Moderator hängen doch immer Fahndungsplakate. Sie werden es nicht glauben», wandte er sich an Toni, Edi und Ludwig, «drei der Gesuchten sehen Ihnen zum Verwechseln ähnlich. Die reinsten Doppelgänger. Hat Sie noch niemand darauf angesprochen?»

Toni, Edi und Ludwig wechselten einen Blick. «Bisher noch nicht», erwiderte Toni höflich.

Interessiert beugte Ludwig sich zu Herrn Kabelreiß. «Wie heißt die Sendung, haben Sie gesagt?»

«‹Verbrecher nebenan›», antwortete der Fernsehhändler. «Kommt immer freitags direkt vor ‹Wer lügt, gewinnt!›»

Ludwig stieß Toni mit dem Ellbogen an. «Lass uns nächste Woche bei Herrn Kabelreiß einen Fernseher klauen», raunte er.

«Mein Fahndungsbild im Fernsehen», eitel zupfte er an seinem Schnurrbart, «davon träume ich schon lange.»

Derweil jagten sich auf der Leinwand die Sensationen. Wachsam spähte die Rose des Wilden Westens in alle Richtungen – um dann blitzschnell mit hochgerafftem Rüschenrock hinter Herrn Rattenkuhns Zierbüschen zu verschwinden.

«Sofort weiterspulen!», erklang Isolde Trimms aufgebrachte Stimme.

«Die Kundentoiletten waren doch außer Betrieb», sprang Rudolf ihr bei.

Als Nächstes glänzte Assistent Flotthammer als Peggy, das Saloongirl, in verschiedenen Einstellungen: im Rüschenkleid, aber ohne Perücke. Mit Lockenfrisur, aber im Hilfssheriffkostüm. Im perfekten Saloongirl-Outfit, dafür aber mit Bartstoppeln. Und als Hilfssheriff mit Lippenstift und falschen Wimpern.

Nach Bankier Rattenkuhn, der strahlend in die Kamera winkte, war Kommissar Pillermeier als Sheriff Higgledy an der Reihe: Zeternd auf dem Niederauer Zierpony. Im perfekten Sheriffgang mit O-Beinen und wackelndem Hintern. Mit geschwollenem Kinn und glasigem Blick nach dem dritten Kinnhaken. Sich klammheimlich drei Donuts auf einmal in den Mund schiebend.

«Herr Kommissar», wisperte Rudolf beeindruckt, «Sie wirken unglaublich lebensecht.»

«Rudolf», kommandierte der Kommissar, «schalten Sie auf der Stelle den Projektor aus!» Er war untröstlich. «Diese Schande! Diese Blamage! Rudolf, das überlebe ich nicht!»

Die Projektionslampe erlosch.

Eine Zeit lang saßen alle schweigend im Dunkeln – bis man plötzlich ein Geräusch hörte. Irgendjemand ... klatschte.

Und dann ging alles ganz schnell. Ein Zweiter, Dritter, Zehnter fiel in den Applaus ein – und plötzlich klatschten alle.

Tosender Beifall, Getrampel, Pfiffe.

Rufe waren zu hören: «Großartige Leistung! Selten so gelacht! Bravo unseren Starkomikern! Bravo!»

Die Leute wollten sich nicht beruhigen. Die gesamte Schauspielerriege mit dem – fast echten – Indianerhäuptling Bluestar in der Mitte musste sich vor der Leinwand aufstellen und sich unter dem donnernden Applaus verneigen.

«Sie waren großartig», sagte Isolde Trimm bewundernd zu Kommissar Pillermeier. «Wie Sie wie ein Mehlsack vom Pferd geplumpst sind – das macht Ihnen so schnell keiner nach!»

«Und Sie erst», gab der Kommissar mit warmem Blick zurück. «Wie Sie Herrn Sternblau die Blind-Indian-Flasche um die Ohren geschlagen haben – einfach wunderbar!»

«Hätten Sie vielleicht Lust», fragte Isolde Trimm mit samtweicher Stimme, «unter meiner Anleitung zielgerichtet Ihre unterentwickelte Muskelmasse zu trainieren?»

«Ich will sehen, was sich machen lässt», flüsterte der Kommissar zurück. «Sie wissen ja, der anstrengende Polizeialltag lässt einem keine freie Minute!»

Geschlagene zwei Stunden dauerte es, bis alle Autogramme geschrieben waren.

«Rudolf», ordnete Kommissar Pillermeier an, «die Filmaufnahmen schicken wir gleich morgen früh an Polizeioberrat Grantheimer. Das ist doch mal was anderes als diese sterbenslangweiligen Polizeilehrfilme!»

Drei Sitzplätze weiter kam Frau Rattenkuhn ein Gedanke. «Albert», sagte sie, «du mit deinem Talent – hast du eigentlich schon einmal darüber nachgedacht, Banklehrfilme zu drehen?»

«Was für eine großartige Idee, Mechthild», antwortete Bankier Rattenkuhn. «Ich sehe die Filmtitel schon vor mir: ‹Ingo, der Immobilienfonds› oder ‹Werner, das Wertpapier›.»

«Ich glaube, Herr Rattenkuhn hat viel von Joe Hamburger gelernt», flüsterte Rudolf.

«Allerdings», kehrte Bankier Rattenkuhn auf den Boden der Tatsachen zurück, «muss ich vorher meine Bank wieder aufbauen.» Er legte seine Stirn in sorgenvolle Runzeln. «Wenn ich nur wüsste, wovon ich die Reparatur bezahlen soll», klagte er. «Alle meine Rücklagen waren im Tresor.»

«In einem blaugelb geringelten Sparstrumpf», fügte seine Gemahlin mit einem kleinen Schluchzer hinzu.

«Herr Rattenkuhn», sagte Toni plötzlich laut, «was würden Sie davon halten, wenn wir alle zusammen, so wie wir hier sitzen, Ihre Bank wieder aufbauen?»

Bankier Rattenkuhn blinzelte gerührt. «Das würden Sie für mich tun?»

Ludwig sah Toni unbehaglich von der Seite an. «Spinnst du?», grunzte er.

«Ich spreche», fuhr Toni salbungsvoll fort, «von einem gemeinnützigen Bankbauverein. Den leitenden Vorsitz würde selbstverständlich ich übernehmen.»

«Hört, hört!», riefen die Umsitzenden.

«Jetzt reicht's aber», schimpfte Ludwig leise. «Toni, du hast doch nicht mehr alle Tassen im Schrank!»

Lächelnd klopfte Toni Edi auf die Schulter. «Als anerkannter Metallspezialist wird mein Kollege Edi Karpfenstein beim Neubau des Tresors mit Rat und Tat zur Seite stehen.»

«Den Teufel werd ich tun», zischte Edi.

Noch immer verbindlich lächelnd neigte Toni sich zu Edis Ohr. «Du hirnloser Riesenhornochse», knurrte er leise. «Du – wirst – den – Tresor – bauen.»

«Du meinst ...» Mit wenig geistvollem Gesichtsausdruck klappte Edi den Mund zu.

Jetzt ging auch Ludwig ein Licht auf. «Und du als Bauleiter», feixte er, «wirst die Bank gleich ein wenig kundenfreundlicher gestalten.»

«Erraten», flüsterte Toni. «Den Fluchttunnel direkt in den

Tresor legen, eine kleine Fallgrube für die Polizei einbauen – bestimmt wird mir einiges einfallen.»

«Also, wir sind bei dem Bankbauverein dabei», Kommissar Pillermeier schüttelte Herrn Rattenkuhn die Hand. «Ich werde Sie tatkräftig bei der Auswahl des Mobiliars unterstützen, und mein Assistent», er nickte Rudolf zu, «übernimmt gerne die Aufräum- und Putzarbeiten.»

«Mit dem Tresor sollten wir nicht allzu lange warten», erklärte Musiklehrer Zwitscherling, der die Eintrittsgelder gezählt hatte. «Allein heute Abend ist ein hübsches Sümmchen zusammengekommen. Da brauchen wir ein sicheres Depot»

Toni hob seine Teetasse in die Höhe. «Trinken wir also auf den Bankbauverein.»

Alle hoben die Tassen. «Und wenn alles fertig ist», rief Bankier Rattenkuhn überschwänglich, «dann veranstalte ich einen Tag der offenen Tür in meiner Bank. Das wird ein unvergessliches Erlebnis werden!»

«Das, Herr Rattenkuhn», strahlte Kommissar Pillermeier, «ist ein großartiger Plan. Fast so gut, als käme er von mir!»

The End

Zum Hören

Lilli Thal
Kommissar Pillermeier
vorgelesen von
Monty Arnold

2 CD im Digipak
Laufzeit: 155 Minuten
17,90 €, 34,80 sFr
ISBN 3-935036-39-6

Foto © H. v. Berg

Sprecher: M. Arnold

Der Komiker **Monty Arnold** gilt als Spezialist für Stimmenimitationen.

HörCompany
www.hoercompany.de

rororo rotfuchs

Lilli Thal
Kommissar Pillermeier
(21158)
Kommissar Pillermeier und sein Assistent Rudolf Flotthammer sind die Krönung der organisierten Verbrechensbekämpfung – Ein wunderbarer Krimispaß mit einem Heldenpaar, das den Vergleich mit «Dick und Doof» nicht zu scheuen braucht.

Roald Dahl
Matilda
(21182)
Der Kinderbuchklassiker als einmalige Sonderausgabe – Matilda entdeckt, dass sie nicht nur ein Wunderkind mit scharfen Verstand ist, sondern auch über übersinnliche Kräfte verfügt.
«Eine Liebeserklärung an das Reich der Phantasie.»
Abendjournal

Angela Sommer-Bodenburg
Der kleine Vampir
(21157)
Der Klassiker von Angela Sommer-Bodenburg als Geschenkband.
Anton ist ein echter Vampir-Fan. Bis eines Tages ein echter Vampir, Rüdiger von Schlotterstein, auf seinem Fensterbrett sitzt. Zusammen mit seiner freundlichen Schwester Anna bringt er Antons Leben ganz schön durcheinander!

3767/1

rororo Rotfuchs

Franziska Biermann
Das Glücksbuch
(20949)
Glück – das möchte jeder haben! Doch was ist Glück eigentlich? Wo trifft man es? Wie geht man damit um? Und wie hält man es fest? Franziska Biermann beantwortet diese gewichtigen Fragen mit vielen «Tipps + Tricks». Und da Kreativität bekanntlich glücklich macht, kommen auch Maler und Schnippler nicht zu kurz.

«Eigentlich ist das Buch selbst schon ein Glück, so anarchisch und wohltuend kommt es daher. Die Anekdoten geben einem alle schön zu denken, dem Griesgram genauso wie dem immer rundum Seligen. Mit wenigen Tips wird man hier glücklich. Nehmen Sie eine Flugstunde für Glücksschweine, damit es nicht wieder bloß an Ihnen vorüberrast.» *TZ, München*

6014/2